Les Nouvelles du Groupe 2

J.DA

Sommaire

À vous tous, qui avez fait en sorte que ce recueil naisse. Un grand Merci…

Pour [illegible] & Séverine

que le groupe [illegible] vous fasse passer

un agréable [illegible] lecture

JDB

ISBN 9781093947144

Ton entrepôt m'a tué

Le jour venait de se lever lorsque Tom s'apprêta à quitter son appartement. Il vérifia une dernière fois son sac à dos et son porte-documents. Les traits de son visage trahissaient une nuit d'insomnie. Laura, sa compagne, le serra dans ses bras et lui chuchota un mot de soutien à l'oreille. Il l'embrassa, sortit et s'installa dans sa voiture. Elle le regarda depuis l'embrasure de la porte et lui adressa un petit geste en signe d'encouragement. Il parcourut les quelques kilomètres distants de son lieu de travail en écoutant son émission matinale favorite ce qui lui permit d'oublier la fatigue l'espace d'un instant.

Il franchit le porche de l'Hôtel de Police, salué par un gardien de la paix en faction au portail. Il arpenta couloirs et escaliers en croisant de nombreux fonctionnaires en civil ou en tenue, affairés à leurs tâches.

L'hôtel de police était récent et bénéficiait de grandes baies vitrées. Au lever du soleil, les rayons y pénétraient, offrant une excellente luminosité naturelle. Les bureaux disposaient d'un espace de travail convenable et les cloisons en verre donnaient une impression de grandeur démesurée. Une démarche environnementale devait être à l'origine des choix de l'architecte et le rendu était à la hauteur de l'effet escompté. Une certaine sensation de sérénité et de confort se dégageait de ces locaux. Le bureau de Tom faisait environ vingt mètres carrés. Une petite table ronde se trouvait à côté de la porte d'entrée. Elle servait lors de réunions. Une fenêtre lui proposait une vue imprenable sur le cours d'eau qui traversait la ville. Ce fleuve était longé par une piste cyclable où promeneurs et cyclistes cohabitaient aux beaux jours.

Tom resta un moment immobile devant ce décor avant d'être interpellé par l'annonce de son nom provenant du bout du couloir.

— Mareval ! s'écria le commissaire Vancha.

Tom prit le temps de se déplacer jusqu'au bureau de son supérieur.

— Vous ne répondez jamais à votre téléphone de service ?
— Bonjour patron, je vais bien merci, et vous ?
— Vous vous moquez de moi ? Cela fait trente minutes que j'essaye de vous contacter !
— Mon téléphone de service est hors d'usage depuis une interpellation musclée la semaine passée, la copie de mon compte-rendu est sur votre bureau depuis cinq jours.
— Un compte-rendu, dans tous ces dossiers à régler ? Bon, qu'importe, je m'en occupe. En attendant, vous vous rendez dans la zone industrielle, un vol, il y en a pour du pognon. Vous me coincez ces blaireaux et vite fait ! Le préfet fait des bonds avec tous ces cambriolages !

Tom faisait preuve d'un calme et d'une répartie dont il aimait user dès que l'occasion se présentait, déstabilisant parfois ses interlocuteurs tant il en imposait. Le commissaire Vancha n'avait pas un fond méchant. Tom comprenait la position de son patron, faire face aux politiques n'est pas toujours du plus simple.

Le groupe de Tom était sollicité pour enquêter sur une affaire de vol. Il avait eu lieu durant le week-end dans une entreprise de transport de marchandises. Le personnel prenant son service le lundi matin avait eu la mauvaise surprise de découvrir que l'équivalent d'une semi-remorque de matériel avait disparu. Des téléviseurs, home-cinéma et lecteurs DVD, soit un préjudice important évalué à plusieurs centaines de milliers d'euros. La Police Judiciaire était donc saisie de l'enquête et Vancha l'avait confiée à son meilleur atout.

Tom retrouva ses collègues et ensemble ils se rendirent sur les lieux. Une première équipe s'y trouvait déjà pour y effectuer les premières constatations alors qu'une seconde, issue de l'identité judiciaire, partait de l'hôtel de police pour venir renforcer le dispositif.

— Chloé et Emilien, faites un crochet par la gare et repérez le terrain pour l'opération de demain soir, c'est sur le trajet, vous nous rejoindrez ensuite. Jimmy et moi nous nous mettons en route.
— Ok ça marche, à tout' les p'tits gars ! répondit Chloé.

Tom appréciait fortement ses trois collègues devenus amis au fil du temps. Jimmy, malgré son jeune âge, possédait une expérience non négligeable en police judiciaire. Chloé, l'intrépide au caractère trempé, était toujours partante et apportait la gaieté au sein du groupe, quant à Emilien, calme et posé, il était la force tranquille qu'il ne fallait, malgré tout, pas trop chatouiller.

La zone industrielle où l'entreprise cambriolée était implantée, se trouvait en périphérie de la ville. Une rocade traversait la zone et permettait de la relier à deux axes autoroutiers. L'un de ces axes assurait la liaison vers l'Est et l'autre vers le Nord.

Le panneau publicitaire de l'entreprise XK Logistic se dessina au loin. Tom sentit une petite pression monter en lui. Malgré son expérience, une appréhension était présente à chaque affaire.

À travers la vitre côté passager, il regarda le grand hangar se dessiner sur sa droite. Recouverte d'un bardage métallique gris clair, la façade avant possédait une multitude de quais de déchargement munis chacun d'une porte automatique. Des camions étaient garés en marche arrière, perpendiculaires à ces portes. La voiture de Tom s'était stationnée sur le parking réservé aux visiteurs, situé à côté de l'entrée des bureaux. Un homme en costume noir et chemise blanche s'avança vers Tom :

— Messieurs ! Xavier Kolher, directeur de l'entreprise.
— Bonjour monsieur, Capitaine Mareval et Lieutenant Miraux de la PJ.
— Je pense que vous avez déjà été questionné par mes collègues, nous allons juste faire une synthèse et effectuer une visite des lieux.
— Sans problème capitaine, je vous emmène de suite faire le tour.

Le trio entra alors dans l'entrepôt par la partie administrative, puis le directeur dirigea les policiers dans le hall des chargements. Un ballet incessant de chariots élévateurs se déroulait devant eux. Les machines chargeaient des semi-remorques de différentes palettes de marchandises. Une chorégraphie bien huilée s'opérait entre les racks hauts de plusieurs mètres formant des couloirs. L'entreprise travaillait pour une grande marque d'appareils hi-fi et vidéo. L'approvisionnement arrivait dans ces hangars avant d'être ventilé dans tout le quart nord-est du pays par des véhicules de XK Logistic. Ce lundi matin, lors de l'arrivée des premiers employés, une des issues de secours du hall avait été vandalisée, probablement découpée au chalumeau. Un rapide coup d'œil avait permis de déplorer le cambriolage. En définitive, vingt-cinq palettes avaient été subtilisées. Tom inspecta les lieux en essayant de s'imaginer la scène et vit Chloé et Emilien arriver au loin. Il remarqua que le hall était équipé de caméras et demanda à monsieur Kohler, s'il pouvait récupérer les enregistrements.

— Je suppose qu'étant donné la valeur du stock, votre entreprise possède une alarme en complément des caméras monsieur Kolher ?
— Oui, en effet capitaine, seulement, je ne comprends pas, rien n'a fonctionné. L'entreprise est fermée le week-end, personne n'y vient ! Le système d'alarme se met en marche le vendredi et le premier employé le désactive en arrivant le lundi matin. Je vais contacter le technicien dès que possible afin de prévoir une révision.
— Très bien, nous effectuerons quelques vérifications. Pouvez-vous me fournir vos registres administratifs ?
— Allons dans mon bureau, je mettrai à disposition tout ce dont vous avez besoin.

Les documents récupérés, Tom fit un dernier tour du hall avec son équipe puis ils reprirent la direction de l'hôtel de police. Il tentait de mettre les premiers éléments en ordre chronologique afin de reconstituer les faits et partager sa réflexion avec Jimmy.

— Des individus pénètrent dans l'enceinte durant la nuit, découpent une porte, entrent sans que l'alarme ne fonctionne, subtilisent l'équivalent d'une semi-remorque de marchandises, et repartent… Culottés, mais efficaces ces gars-là !

De retour au service, Tom réunit son équipe en salle afin de répartir les tâches. Emilien et Jimmy se pencheraient sur le personnel, et le second binôme visionnerait les enregistrements de vidéosurveillance. Les tâches n'allaient pas se révéler vaines ; forte de ses 150 employés, l'entreprise possédait une belle réputation dans le secteur du transport. Un nombre conséquent de vérifications se profilaient pour les prochains jours.

Tom entra dans le bureau de Chloé avec une enveloppe contenant les CD supports des vidéos de surveillance.

Le visionnage commença au moment où les derniers employés avaient quitté l'entreprise, soit le vendredi à 23 h 00. Les deux officiers étaient assis l'un à côté de l'autre, en face de l'écran de Chloé. Elle avait pris l'initiative de ramener deux tasses de café fumant. Tom espérait retracer la chronologie de ce qu'il s'était passé durant le week-end, mais également pouvoir découvrir un visage, un indice, ou quoi que ce soit d'autre permettant un début de piste intéressant pour l'enquête.

De leur côté, Jimmy et Emilien épluchèrent la liste du personnel : chauffeurs, opérateurs, caristes, secrétaires. La première tâche fut de regrouper le personnel par compétence. Les plannings avaient également été demandés. À ce stade de l'enquête, aucune hypothèse ne pouvait être écartée. Un employé véreux était peut-être à l'origine du méfait.

La pause déjeuner permit à l'équipe de faire un point sur l'avancée des investigations. Pour le moment rien de probant ne se profilait. Aucun indice matériel n'avait pu être recueilli par l'identité judiciaire sur place. Chacun avait à l'esprit que l'issue de l'enquête serait longue et compliquée à trouver.

Tom et Chloé se remirent au travail dès le début de l'après-midi. Les premières vidéos n'avaient révélé, pour le moment, que la fin de poste et la fermeture par les ouvriers présents en cette veille de week-end. Rien d'anormal n'était à signaler jusqu'au samedi matin.

Vers 09 h 00, une voiture de grosse cylindrée noire était arrivée devant le bâtiment. Les enquêteurs avaient pu reconnaître M. Kolher descendre du véhicule et entrer dans l'entreprise. Il en était ressorti quelques minutes après avec un sac, puis était remonté dans sa voiture et avait quitté le site.

Les choses s'étaient précisées la nuit de dimanche à lundi, à 2 h 15. Une semi-remorque blanche, sans sérigraphie, attelée à un véhicule tracteur blanc également se présentait devant l'entreprise. Un homme cagoulé, en combinaison noire, était descendu du côté passager, et avait fait coulisser le portail d'entrée de l'entreprise. Le chauffeur avait manœuvré son ensemble jusqu'à un quai de chargement alors qu'un second refermait précautionneusement le portail. La caméra du hall montrait l'intrusion des deux hommes à 2 h 21 par la porte de secours. Pendant que l'un s'affairait à ouvrir la porte automatique du quai, le complice prenait les commandes d'un chariot élévateur et commençait les manœuvres. Son habileté ne laissait pas les deux policiers indifférents. Le second homme avait également pris un chariot, mais ses gestes étaient moins sûrs que son acolyte. Le chargement effectué, les deux cambrioleurs avaient pris soin de refermer la porte automatique du quai avant de sortir de l'entreprise avec la marchandise à 2 h 58. Rapidité des gestes, habileté, les enquêteurs étaient persuadés d'avoir à faire à des habitués. Les images les plus parlantes avaient été imprimées : le véhicule utilisé, les cambrioleurs côte à côte, séparément... Ces images allaient être analysées dans le but d'en extraire le maximum. Il n'était cependant pas possible de distinguer un quelconque visage, ce qui ne réjouissait pas les officiers.

— Nous irons rendre une petite visite à ce cher M. Kolher, Chloé. Je crois qu'il a oublié de nous parler de certains détails…

La journée de Tom s'acheva par la relecture d'un dossier dont il avait la charge. Un petit trafic de drogue que son équipe et lui étaient sur le point de démanteler. L'enquête devait se solder le lendemain par l'interpellation du dealer qui devait effectuer une transaction, à proximité de la gare.

Laura accueillit son cher et tendre assez simplement. Occupée à travailler sur le canapé, elle n'avait prêté que peu d'attention à l'arrivée de Tom. S'étant imaginé sur le trajet du retour l'odeur alléchante d'un petit plat mijotant, il fut pour le moins déçu en franchissant la porte. Sans formalisme, il l'embrassa, posa ses affaires dans le bureau et s'assit à ses côtés. Leur relation était oscillante, en ce moment, c'était visiblement une période « sans ». Le couple ne partageait que très peu de temps depuis quelques semaines. Laura était brune, cheveux longs souvent attachés, visage fin. Plutôt mince, sa carrure allait de pair avec sa timidité. Sérieuse et consciencieuse, elle exerçait dans la comptabilité pour un cabinet en ville et ramenait de plus en plus de travail à la maison. Tom effectuant bon nombre d'heures, les emplois du temps étaient serrés. Il pensait néanmoins que la dispute de la veille avait permis à chacun de prendre conscience de la situation et qu'une amélioration allait se faire sentir. Visiblement, cela n'était pas le cas pour aujourd'hui. Conciliant malgré tout, il décida de ne pas raviver le feu et espéra qu'il ne s'agissait que d'une période amère.

*

Les investigations avaient repris dès le lendemain matin. Les premiers résultats de l'analyse des photos issues des vidéos ne donnaient hélas pas beaucoup de grain à moudre à l'équipe de la PJ. Les plaques d'immatriculation utilisées pour le camion correspondaient à une petite citadine déclarée volée dans la région il y a une dizaine de jours. Sans surprise jusque-là malheureusement. Une large diffusion des numéros et des photos du camion aux polices judiciaires ainsi qu'aux brigades de gendarmerie de la zone allait être entreprise. Tom avait également prévu d'envoyer la liste des marchandises dérobées aux services des douanes vu la proximité avec les frontières. Toutes les pistes n'étaient pas encore exploitées et Tom ne se sentait pas battu d'avance.

Il passa récupérer Chloé à son bureau puis ils prirent la route en direction de XK logistic.

— Bonjour madame, nous sommes de la police judiciaire, nous voudrions voir M. Kohler s'il vous plaît.
— Bien monsieur, un instant, je vous prie.

La standardiste actionna un interphone et annonça l'arrivée des deux officiers à son directeur. Ils montèrent les escaliers et aperçurent l'homme arrivant à leur rencontre. Ils se saluèrent et se rendirent dans le spacieux bureau de M. Kolher.

— Nous avons quelques questions à vous poser monsieur, lança Tom assez froidement.
— Je vous écoute, un souci ?
— Nous avons visionné les enregistrements de surveillance avec le lieutenant Fadelo ici présente. Un détail dont nous n'avions pas connaissance nous a interloqué. Celui-ci ne vous met pas en situation confortable… Pourquoi nous avoir caché votre venue dans les locaux samedi matin aux alentours de 9 h 00 M. Kolher ?
— Désolé, c'est vrai… Je suis en effet venu samedi matin car j'avais oublié mon sac de squash. J'étais pressé, je suis reparti et je ne suis plus certain d'avoir enclenché l'alarme à ma sortie. Je ne vous ai rien dit de suite, car j'ai repensé à mon oubli après votre visite. Je suis désolé, je n'ai pas réfléchi correctement, j'aurais dû vous téléphoner pour vous avertir.

— Bien, je vois, pas très consciencieux comme raisonnement pour un chef d'entreprise monsieur. Vous allez vous rendre au service afin que l'on puisse vous auditionner à ce sujet. Je vous conseille également de vous tenir à notre disposition car nous pourrions nous revoir très prochainement.

Les deux officiers quittèrent les lieux et prirent la direction de la gare en vue d'un dernier repérage pour l'opération à venir. Pendant le trajet, Tom téléphona à Emilien et lui raconta l'entrevue qui venait d'avoir lieu. Il le prévint que M. Kolher allait arriver à l'hôtel de police pour être entendu au sujet de l'épisode passé sous silence. Il lui demanda de contacter rapidement la salle de squash afin de vérifier la thèse énoncée par le directeur d'entreprise. Un voile suspicieux planait sur ce dernier.

*

Le quartier de la gare était situé au sud-est du centre-ville. Peuplé d'une faune hétéroclite, c'était l'un des lieux de rendez-vous frauduleux. Au fond d'une impasse, l'imposant bâtiment possédait un joli parvis pavé réservé aux piétons. Les seuls véhicules autorisés à emprunter l'impasse utilisaient le dépose-minute situé sur le côté de la gare. Ils empruntaient la rue dans le sens opposé une fois leur mission accomplie. L'unique voie d'accès était bordée par un vaste parking payant d'un côté et par des habitations collectives de l'autre.

Issu d'une famille bourgeoise, ce jeune suspect âgé de 25 ans avait sombré depuis huit ans dans l'usage de produits illicites. Simple consommateur, il dérobait de l'argent à ses parents aisés afin de subvenir à ses achats réguliers. Au fil du temps, son comportement douteux avait éveillé les soupçons des parents. C'est alors qu'il fut mis à la porte et se retrouva à la rue. Il lui fallait donc trouver rapidement de l'argent pour s'approvisionner en cannabis, mais aussi pour vivre, accessoirement. Un de ses amis lui avait proposé un filon pour prendre la tête d'un petit réseau de distribution en lieu et place d'un dealer récemment mis aux arrêts. La machine devait continuer sur sa lancée et la perte de clients n'était pas de bon augure.

L'enquête menée depuis plusieurs mois avait permis d'identifier cet homme. Celui-ci effectuait ses transactions au niveau du dépose-minute, à la façon du retrait d'une commande dans un drive de fast-food. Les méthodes les moins discrètes étaient parfois les meilleures, du moins c'est ce qu'il pensait. Il garait sa berline allemande dans une rue proche du quartier et se déplaçait à pieds jusqu'au point de rendez-vous. Le petit manège avait éveillé les soupçons d'un agent SNCF qui avait prévenu les services de police. À l'aide d'une description précise, l'individu avait pu être identifié après quelques heures de planque par une équipe de la brigade anti-criminalité. La police judiciaire avait alors interpellé certains clients qui n'avaient pas mis longtemps à reconnaître les faits et à dénoncer le dealer. Le dossier étant suffisamment complet pour appréhender le suspect, il était temps de procéder à son arrestation.

Un renseignement avait permis de déterminer que le créneau des transactions était prévu entre 19 h 00 et 19 h 30, heure d'affluence en gare. Cela présentait un avantage certain pour les hommes de la PJ qui pouvaient se fondre dans la masse mais comportait également un danger non négligeable si l'arrestation ne se passait pas en délicatesse. Un usage des armes ne pouvait être envisagé vu les cibles collatérales potentielles.

Vêtue le plus simplement possible d'un jean et d'un débardeur violet, Chloé allait passer inaperçue parmi les passants. Tom ne put s'empêcher de lui lancer un compliment sur son allure.

— Merci Tom, c'est gentil ! J'ai mis mes baskets, on ne sait jamais !

La belle blonde aux yeux verts pétillants respirait la joie de vivre. Son sourire et son charme naturel étaient presque déstabilisants.

Allure sportive, dynamique, elle pratiquait régulièrement la natation, la course à pied et le judo. Un brin de caractère, dosé à point, lui permettait de tenir tête aux plus coriaces et de ne pas se faire marcher sur les pieds par quiconque souhaiterait abuser de sa gentillesse.

L'attente commençait dès à présent. Tom angoissait comme avant chaque opération. Est-ce que le suspect allait être au rendez-vous ? Comment allait se passer l'arrestation ? Chloé le rassurait néanmoins, même s'il ne doutait pas de ses compétences et de celles de son équipe. Il parcourut les rues adjacentes afin de repérer la présence éventuelle de la berline allemande. Chloé, quant à elle, se trouvait à proximité immédiate du lieu de transaction prévu. Elle avait pour rôle de lancer le « top action » à la radio, dès lors que le suspect aurait opéré sa première vente. Ordre ayant pour répercussion l'arrivée du reste du groupe de la PJ et d'un équipage de la BAC en retrait pour le moment à quelques encablures.

Tom regarda sa montre. Les minutes défilaient lentement. Aucune trace de la berline pour le moment. Chloé observait les alentours. Autour d'elle, une nuée d'hommes et de femmes était régulièrement déversée par les trains s'arrêtant à quai. Tous et toutes pressés, la tête vers le sol, le téléphone à l'oreille pour certains, des porte-documents en main pour d'autres, faisant allusion à une fin de journée de travail. Tous dans leur bulle sans prêter attention à leur voisin. Chloé s'amusait à se dire qu'aucune personne n'était en mesure de connaître le but réel de sa présence ici. Le crépitement de son oreillette recentra son attention. Tom venait d'annoncer l'arrivée, au loin, d'une voiture similaire à celle recherchée.

La voiture se gara proprement le long du trottoir. Tom se mit à accélérer le pas afin d'avoir un visuel correct. Il passa une première fois à côté. Les vitres teintées ne laissaient pas la possibilité de voir les occupants du véhicule. Cependant, il réussit à distinguer la présence d'une seule personne côté conducteur. Un kiosque permit à Tom de s'arrêter et de pouvoir surveiller la sortie de l'individu en toute quiétude. Quelques secondes plus tard, le doute n'avait plus sa place, il s'agissait bien de l'objectif. Les membres de l'équipe furent immédiatement prévenus de cette arrivée. L'homme se dirigeait vers le point de vente sans avoir connaissance du piège qui lui était tendu.

Les minutes s'écoulèrent. Les hommes de la PJ étaient en place et parés à intervenir. Chloé, au plus près de l'objectif, renseignait régulièrement le reste de l'équipe sur la situation. Rien, jusque-là, ne permettait l'interpellation. Une moto de petite cylindrée se fit entendre à l'entrée de l'impasse. Le pilote du deux-roues avançait sa machine au rythme des véhicules qui le précédaient. Le trafic, saccadé par les arrêts permettant la récupération des piétons, était chargé. La motocyclette n'était plus qu'à quelques mètres du dépose-minute.

— A tous, le suspect se rapproche du trottoir, lança Chloé.

Le dispositif se resserra. L'individu piétinait sur la bordure de trottoir en regardant la file de véhicules. Son impatience le trahissait. Une main dans la poche, il attendait l'arrivée de la moto. Le pilote du deux-roues s'arrêta à sa hauteur. Il le salua promptement sans couper le moteur de son engin ni même retirer son casque.

— Combien ?
— 150 €.

Ils tendirent tous deux leur main et s'apprêtaient à échanger lorsque l'individu vit dans les yeux du pilote qu'une chose anormale se produisait dans son dos.

— Les flics ! s'écria le motocycliste.

Sans réfléchir, celui-ci lança sa machine à travers les véhicules et essaya de s'enfuir rapidement. Le dealer se mit à courir malgré les injonctions de Chloé. Elle partit immédiatement à ses trousses en prévenant ses collègues de la direction de fuite. Tom prit part à la poursuite. Chloé s'efforçait de ne pas perdre de vue l'objectif parmi les passants. Le suspect entra dans la gare et monta les escaliers menant au hall principal. Chloé pensa immédiatement qu'il comptait prendre la fuite par le train sur le départ. Elle arpenta les marches quatre à quatre. Le suspect dévala ensuite l'escalator afin d'emprunter le tunnel passant sous les voies et menant au quai F. Elle arriva au pied de l'escalier mécanique, eut la présence d'esprit de s'assurer que le suspect ne l'attendait pas au détour du coin de mur puis l'aperçut continuant son parcours à travers le tunnel. Tom rattrapait son retard progressivement, car sa condition physique le lui permettait. Le suspect prit l'escalier sortant du tunnel et débouchant sur la voie F. D'un coup, il se sentit violemment plaqué au sol.

— Police ! Au sol, au sol !

Chloé, sans ménagement, l'immobilisa face contre terre. Tom la rejoignit une poignée de secondes après.

— Beau travail miss, reconnut-il avec un large sourire.
— J'ai bien fait de mettre mes baskets, je l'avais senti ! ironisa-t-elle en menottant l'individu et en reprenant son souffle.
— Vous êtes placé en garde à vue pour trafic de stupéfiant monsieur. Nous vous ramenons à l'hôtel de police afin que l'on puisse procéder à votre audition.

La pression de l'interpellation redescendit subitement. Tout s'était bien passé. Tom reçut en information l'arrestation du motocycliste par un des équipages restés en retrait. L'issue positive de l'opération avait réjoui le groupe. Tom espérait en apprendre davantage sur le fournisseur principal lors des auditions.

*

L'enquête de la zone industrielle était au point mort. Les différentes vérifications sur le personnel n'avaient pas permis la mise en évidence d'une quelconque piste. Le commissaire Vancha n'était, de ce fait, pas dans ses bons jours. Il savait pourtant que l'équipe en charge de l'enquête possédait les qualités nécessaires et que tout allait être mis en œuvre afin de boucler l'affaire. Cependant, tout ne se déroulait pas toujours comme on le souhaitait. L'audition de monsieur Kolher le mettait hors de cause. Aucun élément ne pouvait l'impliquer directement à cette heure. Son oubli était semble-t-il purement fortuit. Le registre numérique de la salle de sport confirmait sa présence à l'heure annoncée. La diffusion nationale des photos et du numéro d'immatriculation était également sans réponse. Les sites internet de revente entre particuliers étaient tous sous étroite surveillance. Il arrivait parfois que les voleurs les plus audacieux s'en servent afin d'écouler de petites quantités de marchandises. Outils à double tranchant s'ils ne sont pas utilisés intelligemment.

*

Laura et Tom revenaient d'un week-end de repos bénéfique en tous sens. Le couple avait pu enfin prendre le temps de se retrouver un peu. Tom en avait profité pour exprimer son sentiment et son impression de délaissement. Tous deux avaient pu prendre connaissance des attentes et des besoins de chacun. Le travail de Laura, qu'elle adorait plus que tout et qu'elle vivait par passion, était omniprésent sans qu'elle ne s'en aperçoive. Une prise de conscience s'était produite durant le week-end. Ils pouvaient aspirer à repartir sur des bases plus saines.

Laura profitait encore de quelques jours de congés. Elle avait promis à Tom d'y faire un point sur ses engagements professionnels et son comportement envers lui. Fatigué par la journée, le couple s'empressa de s'endormir. Ils furent cependant tous deux réveillés par une sonnerie de téléphone.

— Mareval, c'est Vancha. Enfilez un pantalon et retrouvez-moi aux entrepôts au sud de la ville, un homicide.

Le clair de lune laissait apparaître les entrepôts au loin. À cette heure, l'endroit était encore calme. L'avenue était pratiquement déserte. Tom se rapprochait du lieu. Le reflet des gyrophares inondait les murs en agglo. Un cordon de sécurité se dressait devant lui, interdisant la zone à toutes personnes n'ayant rien à y faire. Des hommes vêtus de combinaisons blanches, de masques et de gants, finissaient de photographier la scène éclairée par des projecteurs. Au sol, un drap blanc sous lequel on pouvait distinguer une silhouette. Un véhicule se trouvait à proximité, portière côté conducteur ouverte. L'entrepôt en arrière-plan avait, de toute évidence, été forcé. Des enquêteurs scrutaient les moindres détails, au sol, dans le véhicule, mais aussi dans cet entrepôt. Chacun était affairé à son travail dans un calme déconcertant. L'endroit était quasi silencieux, bien loin de la cruauté qu'il avait eu à supporter peu de temps auparavant.

— Bonjour commissaire.

— Ah Mareval, bonjour. Quelle rapidité aujourd'hui !

— Vous m'avez réveillé uniquement pour me narguer ou nous pouvons nous mettre au travail ?

— Doucement Mareval, vous frôlez l'insolence là ! Bon à première vue, quelqu'un pénètre par effraction dans l'entrepôt, l'alarme se déclenche, l'agent de sécurité arrive sur place quelques minutes après avec son véhicule, en descend, se fait tirer dessus. Le central de l'agence de sécurité, n'ayant plus de contact avec son agent, appelle la police qui se déplace et la suite est devant vous. Voilà…

— Bien, j'ai appelé Emilien Marchewski, il est en route… Pardon il vient d'arriver même !

— Messieurs… J'aime moyennement ce genre de réveil, lança Emilien en regardant le drap blanc.

Après un rapide point sur la situation, Emilien et Tom firent le tour des lieux. Le responsable de l'entrepôt avait été contacté et se rendait sur place tout comme le patron de l'agence de sécurité. Impossible de connaître pour le moment l'exactitude des faits. La version du commissaire semblait être évidente selon les premiers éléments recueillis. Emilien s'approcha de la silhouette au sol. En un geste, il retira le drap et eut un moment d'égarement lorsqu'il s'aperçut que l'agent de sécurité était une femme. Étendue sur le sol, son visage pâle était souillé par des traces de sang. Cela renforçait la cruauté de la scène. Agée d'une trentaine d'années au plus, sa vie s'arrêtait ici, sur le parking de cet entrepôt. Certainement attendue au petit matin par un mari ou un ami, ou même par des enfants pour aller à l'école. Plus rien ne serait comme avant à présent. Quelqu'un en avait décidé autrement. Restait à trouver qui, pourquoi et comment. La pauvre n'étant même pas armée, une riposte lui avait été impossible.

Les deux officiers finirent leurs constatations et allèrent au-devant du commissaire. Le patron de l'agence venait d'arriver. Fortement choqué par le récit du commissaire, il n'avait pas eu le droit de franchir le cordon. Prostré derrière celui-ci, il accusait en pleine tête la réalité et la gravité de la situation. Lui aussi venait d'être réveillé par son téléphone, mais il n'était pas habitué à ce genre de scène. Le véhicule des pompes funèbres passa devant ses yeux, afin de procéder à l'enlèvement du corps.

— Marchewski, Mareval, vous me convoquerez le patron d'Iris Gardiennage, vous irez également récupérer ce que vous pouvez à l'agence. Et convoquez aussi le responsable de l'entrepôt. On auditionne tout le monde.

— C'était le programme de la journée, commissaire.

— Bien Mareval, je n'en attendais pas moins de vous de toute façon. La famille de la jeune femme est prévenue, j'ai envoyé l'officier de permanence pour annoncer le décès. Bon, j'appelle procureur, juge et préfet. Ils vont être heureux avec cette nouvelle affaire !

L'Hôtel de police était encore tapi dans la pénombre. Seules quelques fenêtres apportaient de la lumière artificielle : l'étage de la PJ et l'accueil. Tom n'avait pas pris le temps de rentrer chez lui. Il avait envoyé un simple SMS sans réponse à Laura afin qu'elle ne s'inquiète pas. Installé à son bureau, il essayait de rassembler les différents éléments recueillis. Encore une fois, peu de chose à se mettre sous la dent pour le moment. Deux affaires de vol dans deux entrepôts différents en peu de temps. Était-ce une pure coïncidence ? Était-ce la même équipe ? Quoiqu'il en soit, une marche venait d'être franchie dans l'escalade de la violence.

Le matin venu, dès l'arrivée de chaque membre, le groupe s'était rassemblé dans la salle de réunion. Tom avait pris soin de renseigner le tableau avec l'ensemble des éléments connus sur cette nouvelle affaire. Le travail venait d'être réparti, chacun se mit en route.

Emilien devait contacter le responsable de l'entrepôt afin qu'il se rende à l'hôtel de police dans la matinée. Jimmy avait la douloureuse tâche de prendre contact avec la famille de la victime afin d'en connaître plus sur elle. Tom et Chloé partirent en direction du siège d'Iris Gardiennage situé dans une ville distante d'une quinzaine de kilomètres.

Chloé faisait grise mine ce matin-là. Tom essayait d'en trouver la raison. Tous deux étaient relativement proches. Il arrivait fréquemment que chacun se confie à l'autre. Elle traversait une période de doutes. Sa relation sentimentale durait depuis quelques années et elle ressentait déjà l'impression d'être tombée dans une routine lassante. L'ennui s'installait, cela ne lui laissait présager rien de bon. Tom tenta de la réconforter en lui narrant son week-end bienfaiteur pour son couple vacillant par moment. C'étaient les choses de la vie, et il fallait essayer de composer avec si cela était encore possible. Mieux valait être seule que mal accompagnée. Quelques blagues plus tard, elle avait retrouvé son sourire ravageur et ses yeux pétillants.

Les deux policiers se présentèrent à l'accueil de l'agence. L'ambiance était pesante. Le personnel apprenait la triste nouvelle au fur et à mesure de son arrivée. La salle de réunion avait été ouverte afin que tous se réunissent et partagent leur peine. Un médecin spécialisé avait été dépêché sur place afin de prendre en compte le soutien psychologique des différents collègues. Monsieur Balenger aperçut Tom et Chloé et vint à leur rencontre. Ils se saluèrent respectivement.

— En quinze années d'existence, nous n'avons jamais connu une telle tragédie. J'espère que vous trouverez le ou les auteurs. D'une part pour la famille, mais également pour nous tous.
— Nous concentrons tous nos efforts pour. Nous venons pour écouter et récupérer les enregistrements des communications entre votre central et mademoiselle Schezyk. Nous aimerions aussi voir son casier et vous poser quelques questions s'il vous plaît, répondit doucement Chloé. Il nous faudrait également les coordonnées de l'opérateur téléphonique qui a reçu le signal d'alerte et qui a fait intervenir mademoiselle Schezyk.
— Sylvain était l'opérateur, il est rentré chez lui, je lui ai laissé quelques jours de repos forcé. Je vais vous communiquer les renseignements, veuillez me suivre, je vous prie.

Une fois les éléments recueillis, les deux officiers prirent la peine d'aller rendre visite à l'opérateur de l'agence afin d'échanger et d'en apprendre davantage sur les événements de la nuit passée. Après cela, ils décidèrent de regagner le service. Tom contacta le reste du groupe à l'issue de cette visite et planifia une réunion dès leur retour à l'hôtel de police.

Emilien et Jimmy étaient déjà en place en salle avec leurs notes. Tom prit la parole.

— L'écoute des bandes et l'analyse de la main courante nous ont permis de déterminer les horaires des faits :

4 h 41 déclenchement de l'alarme intrusion dans l'entrepôt,

4 h 42 Aline Schezyk est contactée par l'opérateur en poste au standard,

4 h 51 Arrivée de l'agent sur place qui confirme une effraction de la porte de l'entrepôt,

5 h 01 Appels multiples de l'opérateur vers le poste d'Aline selon la procédure interne qui demande une prise de contact avec le standard avant les dix premières minutes une fois arrivé sur place,

5 h 02 Appel de l'opérateur à la police,

5 h 10 Arrivée de l'équipage police secours sur les lieux, et découverte du corps.

Chloé enchaîna :

— Nous avons également eu accès à son casier. Rien à l'intérieur d'important pour l'enquête, mis à part une photo déchirée où elle seule apparaît. On l'imagine tenir quelqu'un par le cou, mais impossible de déterminer de qui il s'agit sans la partie manquante. L'opérateur en poste cette nuit-là n'a fait que confirmer les enregistrements audios et les écrits retrouvés. Le travail a été fait correctement, les directives ont été respectées. C'est la même société qui assure la sécurité de XK Logistic, l'agent était également de permanence la nuit du vol, mais comme l'alarme n'a pas fonctionné, il n'y a pas eu d'intervention de leur part. Il est encore sous le choc, nous lui avons laissé nos cartes afin qu'il puisse nous contacter si un élément lui venait à l'esprit ces prochains jours.

Jimmy prit la parole à son tour :

— J'ai rencontré les parents de la victime. Enfant unique, elle vivait chez eux depuis quelques mois suite à une séparation. Elle sortait de temps à autre avec des amis, mais était plutôt casanière et surtout sans histoire. Aimée du quartier, bien entourée, une fille modèle dont tout le monde rêve a priori. Son métier la passionnait.

— Pour ma part, j'ai pu entendre le responsable de l'entrepôt. Il s'agit d'un stockage de champagne en attente de livraison dans les supermarchés de la région. Le responsable est formel, rien n'a disparu à l'issue de l'effraction, résuma succinctement Emilien.

— Si je reprends, lança Tom, nous avons une effraction sans vol suivie d'un homicide. Cependant, les malfaiteurs ont peut-être été surpris par l'arrivée de l'agent de sécurité et n'ont certainement pu aller au bout de leur objectif. Chloé, prends contact avec les différents opérateurs téléphoniques. Essaye de rassembler l'ensemble des téléphones ayant émis un signal la nuit des faits ainsi que les nuits précédentes. Des repérages ont dû être effectués par l'équipe. Nous n'avons pas beaucoup de pistes, avec un peu de chance, il y aura un moyen de trouver quelque chose dans cette direction. Je contacte le procureur pour avoir une réquisition.

— Bien chef, je me mets au boulot.

Tom était préoccupé. La première affaire n'inspirait pas une résolution facile et une seconde lui était déjà confiée. Pas des moindres, qui plus est, puisqu'il s'agissait d'un homicide. Il se les était appropriées et elles faisaient dès à présent partie de lui. Quoi qu'il fasse, elles étaient dans un coin de sa tête et il lui était difficile de les laisser sur le pas de la porte en rentrant le soir chez lui. Il essayait néanmoins de ne pas laisser sa vie professionnelle envahir sa vie privée. Même s'il aspirait, parfois, à un peu de réconfort ou d'écoute. Laura était une fois de plus indifférente malgré le faciès songeur de son petit ami. Elle avait tout de même relevé le fait qu'il devait être sur une affaire délicate sans pour autant creuser davantage. Les trois jours passés chez son frère ne lui avaient a priori pas servi. Tom était déçu une fois de plus, mais ne le lui fit pas savoir.

Au bureau, l'enquête se poursuivait. Quelques jours plus tard, le compte-rendu de l'autopsie de la victime était arrivé entre les mains de Tom. Le médecin légiste avait pu constater deux plaies par balle. La première, située dans la région thoracique, et la deuxième située dans la partie frontale du crâne occasionnant la mort. Aucune trace de défense n'était visible sur le corps, une exécution en somme.

Tom communiquait régulièrement avec le commissaire Vancha. Il le tenait informé de l'évolution des deux affaires. Le procureur avait donné son aval pour effectuer les réquisitions auprès des opérateurs. Vancha avait ordonné à Tom de détacher Emilien et Jimmy de l'affaire. Le dealer de la gare s'était de nouveau fait arrêter. Il avait cette fois-ci conclu un accord avec l'enquêteur. Il acceptait de livrer les fournisseurs en échange d'un assouplissement de peine. Beaucoup de travail allait être nécessaire avant les arrestations et le commissaire savait à qui le demander. Afin de maintenir un équilibre dans les affaires en cours, Tom avait essayé de négocier le détachement d'un seul officier. Cependant, le patron avait pris sa décision. Les journées allaient certainement être longues pour compenser la mise à l'écart des deux collègues. Tom en avait averti Chloé. Ils savaient cependant que le binôme serait capable de relever le défi. Ils n'en étaient pas à leur coup d'essai.

Chloé écumait les listes fournies par les différents opérateurs. Installée dans son bureau, elle avait étalé l'ensemble des documents sur une table afin d'avoir une vue globale sur chacun d'eux. Face à elle des centaines de données à trier, recouper et analyser.

Tom, de son côté, était allé récupérer le rapport des analyses et prélèvements effectués sur les lieux du meurtre. L'hôtel de police hébergeait, sur l'arrière du bâtiment principal, l'un des six laboratoires de l'institut national de police scientifique du territoire. Celui-ci avait une compétence géographique importante. Il était composé d'agents, de techniciens, mais aussi d'ingénieurs. Chacun était chargé de réaliser des examens, des recherches et des analyses d'ordre scientifique et technique lors d'enquêtes judiciaires.

Le rapport venait compléter en partie le compte-rendu émis par le médecin légiste. Les balles retrouvées sur la scène étaient du 9mm Parabellum tirées par un Beretta PX4 G/D. Arme semi-automatique de manufacture Italienne, apparue sur le marché au début des années 2000.

Une trace de pneu avait également pu être remarquée sur place. Ses dimensions laissaient supposer qu'il s'agissait d'un véhicule de type 4x4. L'emplacement des douilles indiquait qu'un tir avait été effectué depuis l'intérieur de l'habitacle du véhicule des malfaiteurs ou, à proximité immédiate. L'autre avait été exécuté non loin de la victime. Aucun autre indice n'avait pu ressortir de la scène de crime.

De retour à son bureau, Tom avait pris soin de rapporter les dernières informations à Chloé. Ils pensaient désormais tous deux qu'il ne s'agissait pas d'un simple casse ayant mal tourné. Les différents indices orientaient les enquêteurs sur la piste criminelle. Les recherches de Chloé étaient longues, Tom avait décidé de l'assister.

À l'issue d'une journée bien remplie, ils s'étaient donné rendez-vous dans un bar afin de boire un verre et décompresser un peu. Le climat actuel de leur vie personnelle l'imposait.

Tom était arrivé en premier. Assis à une table, il avait vue sur les va-et-vient de la porte d'entrée poussée par les habitués. Quelques minutes passèrent avant qu'une jolie blonde fasse son apparition. Ses cheveux étaient tirés vers l'arrière laissant apparaître de petites boucles d'oreille. Un trait fin de maquillage sublimait son visage. Elle portait une veste rouge et un pantalon noir qui lui allaient à ravir.

— Désolée, j'ai eu un peu de mal à venir à cause d'une connasse qui n'avançait pas ! soupira Chloé en s'asseyant. Tu as commandé ?

Amusé, Tom avait répondu par un sourire. Il connaissait ses goûts et savait que son choix était sans risque. Le serveur arriva avec les verres et Chloé se mit à sourire. Ils échangèrent tous deux sur des sujets divers et variés. Les discussions étaient ponctuées de rires. L'ambiance était détendue et relaxante. Chloé remettait en cause le devenir de son couple. L'idée d'une séparation lui trottait en tête à présent. Les choses s'éclaircissaient de plus en plus. Ils s'écoutèrent l'un l'autre, essayant de se rassurer et de se réconforter. Le temps paraissait s'arrêter lors de ces moments. Le bar à ambiance était bondé. Chloé avait invité le beau brun à danser. Pas fan de ce genre de discipline, il avait néanmoins accepté, porté par le dynamisme de sa collègue. Il commençait à se faire tard, ils étaient tous deux épuisés. Tom la raccompagna jusqu'à sa voiture et après un salut chaleureux, ils avaient repris le chemin de leur domicile respectif. À peine après avoir parcouru quelques kilomètres, le téléphone de Tom s'était mis à vibrer ; un SMS : *« Merci pour cette soirée... »*

Le réveil fût laborieux. Il était arrivé au bureau avec un peu de retard, mais surtout avec la tête encore dans les nuages. Chloé était déjà là. Faisant les cent pas dans le couloir avec un dossier à la main, elle héla Tom dès qu'elle le vit à l'entrée du service et accourut vers lui en agitant ses feuilles avec un grand sourire.

— Je tiens quelque chose Tom !!

— C'est vrai ? Mais… tu as dormi avec le dossier ?

— Je ne suis pas rentrée après le bar, je n'avais pas envie, donc je suis venue ici. J'ai pris une douche au vestiaire, me suis changée et voilà… murmura-t-elle.

Tom, compréhensif, n'avait pas insisté. Il savait qu'elle se confierait plus tard si le besoin s'en faisait sentir.

— Tu as de petits yeux quand même !

— Tu n'as qu'à dire que j'ai une sale tête tant que tu y es !

— Non du tout, ce n'est pas le fond de ma pensée, tu le sais bien. Montre-moi ta trouvaille plutôt.

Chloé, radoucie, s'empressa d'emmener Tom jusqu'à son bureau. Elle commença :

— Pendant le créneau du meurtre, trois téléphones ont « borné » dans le périmètre de l'entrepôt. Le numéro personnel d'Aline Schezyk, son numéro professionnel, et un numéro issu d'une carte prépayée.

Elle avait réussi, grâce à son bagout, à obtenir dans un délai de quelques jours la facture détaillée du téléphone personnel d'Aline. En passant en revue celle-ci, elle avait pu noter qu'un numéro revenait fréquemment. Ce numéro correspondait aussi à une carte prépayée. Il était malgré tout différent du troisième numéro identifié, mais il bornait régulièrement à proximité de XK Logistic. Le lien entre les deux affaires semblait à présent se profiler… Restait à trouver les éléments manquants du puzzle. Chloé avait également réussi à savoir que la carte prépayée avait été récemment achetée dans un bureau de tabac en ville. Elle allait s'y rendre dès l'ouverture. Elle espérait pouvoir identifier le propriétaire du numéro mystère.

Admiratif du travail accompli, Tom avait félicité sa collègue qui reprenait son souffle après son monologue rapidement débité sous le coup de l'émotion. Tom était fier d'elle, il n'avait jamais eu à lui reprocher quoi que ce soit. C'était confortable de pouvoir travailler avec des collègues de qualité. Il en faisait d'ailleurs régulièrement part à son groupe.

Le propriétaire du bar-tabac avait été coopératif. Son établissement étant souvent la cible de braquages, il l'avait placé sous vidéo-surveillance. Les bandes étaient conservées une quinzaine de jours puis automatiquement effacées par les nouvelles images. Chloé avait rapidement pu isoler la période qu'elle recherchait. L'étonnement et la joie l'avaient envahi en découvrant sur l'écran un visage qui lui était familier. En questionnant le vendeur, elle avait pu apprendre que le client venait approvisionner sa carte tous les quinze jours. Ne s'étendant pas plus sur les raisons de sa venue et des questions posées, elle avait repris la direction du bureau, euphorique. Passionnée par son métier, elle aimait aller au bout des choses et voir son travail aboutir. Elle y consacrait du temps, mais s'épanouissait pleinement chaque jour. À sa grande déception, ce concept n'était pas assimilé par son petit ami.

Arrivée à l'hôtel de police, elle avait gravi les marches de l'escalier quatre à quatre, pressée par la nouvelle qu'elle devait annoncer à Tom. Il était en pleine conversation téléphonique lorsqu'elle passa la tête dans l'encadrement de la porte du bureau. Ses yeux verts étaient suffisamment expressifs pour qu'il comprenne que l'enquête venait d'avancer.

— Je suis allée chez le buraliste. J'ai pu visionner les vidéos de surveillance. La recharge de carte prépayée a été achetée ce jour-là par Xavier Kolher, client habitué du magasin d'après le gérant. Je contacte immédiatement l'opérateur téléphonique pour qu'il m'envoie ses factures détaillées.

— Belle avancée ! Je crois que ce monsieur Kolher nous cache plus de choses que son oubli du samedi matin. Creuse la piste de son téléphone rapidement Chloé, cela nous permettra peut-être une mise en garde à vue. Nous allons essayer de garder un œil discret sur lui, j'informe le patron de suite.

— Je fais au plus vite, et t'appelle dès que j'ai du concret.

Elle s'était immédiatement remise au travail, l'envie de trouver les pièces manquantes l'habitait. Tom préférait assembler davantage d'éléments avant d'aller interpeller Kolher. Cette décision était risquée. Si Kolher était réellement lié à l'affaire du meurtre, il ne fallait pas qu'il disparaisse du jour au lendemain. Vancha laissait carte blanche à son chef de groupe. Il avait simplement demandé d'être informé en temps réel de l'avancée de l'enquête.

Chloé regagna son domicile, perdue dans ses pensées. Elle s'était décidée à mettre un terme à sa relation. Le trajet lui avait permis de se préparer pour l'annoncer à son concubin. Elle avait conscience de la portée de sa décision et savait que sa vie allait changer désormais. Elle était prête. Prête à repartir à zéro, à être seule les soirs où en rentrant du travail, à n'avoir personne à qui raconter le récit de la journée écoulée. Elle se disait que ça ne pourrait pas être pire que maintenant. Arrivée en bas de son immeuble, son cœur tapait de plus en plus fort dans sa poitrine. Elle savait cependant que c'était la meilleure solution. Son ami devait s'en douter vu le changement de comportement qu'elle avait pu avoir ces derniers jours. Elle avait pris le temps de monter les deux étages marche après marche, comme pour retarder l'ultime conversation. Elle posa sa main sur la poignée de porte, prit une grande inspiration, et entra…

*

L'écran de téléphone de Tom s'alluma, laissant apparaître la réception d'un nouveau message. À moitié endormi sur son canapé, il avait saisi l'appareil, interrogé par la raison et l'origine de ce message à cette heure avancée. Chloé lui apprenait promptement l'effectivité de sa séparation. Il se dirigea vers la chambre pour en fermer la porte afin de ne pas réveiller Laura puis appela Chloé. En pleurs, elle décrocha et répondit. Une longue conversation débuta et au final, ils se mirent d'accord sur un point. Il était désormais l'heure de rebondir afin de se sentir mieux. Bénéficiant de qualités morales, d'une bonne condition physique, elle avait tout pour plaire. Son avenir sentimental ne pouvait être noirci indéfiniment. La conversation s'était terminée assez tard dans la nuit. Ce long échange téléphonique avait permis à la jolie blondinette de reprendre le dessus et de se conforter dans son choix. Les deux amis s'étaient quittés avec l'idée de se reposer un minimum avant de se retrouver le lendemain au bureau. Il n'était évidemment pas question d'effleurer cette conversation au travail. La confiance régnait entre eux.

*

Les jours suivants avaient été riches en découvertes. Bien que fatiguée et encore un peu désarçonnée, Chloé avait pu établir des liens intéressants. Le téléphone, jusque-là non identifié, mais ayant émis un signal à proximité des lieux du meurtre au moment des faits, apparaissait une dizaine de fois sur la facture détaillée de M. Kolher. Celle-ci ne comporte par ailleurs que quelques numéros récurrents. Étrange pour un responsable de société. Chloé en avait déduit qu'il possédait deux appareils. Le premier, officiel, au répertoire fourni pour un usage quotidien d'homme d'affaires, et le second, très officieux utilisé pour un usage moins conventionnel. Cet homme marié, père de famille laissait les enquêteurs perplexes sur différents points. Quelles étaient ses relations avec Aline Schezyk ? Pourquoi était-il en contact avec le numéro identifié le soir du meurtre ? L'heure de la confrontation avait sonné.

Chloé en avait informé Tom. Le procureur avait autorisé le placement en garde à vue. Ils avaient ainsi décidé d'aller chercher M.

Kolher en début d'après-midi. Un appel préalable au standard de l'entreprise avait confirmé sa présence dans l'établissement. À l'arrivée des policiers, l'homme paraissait surpris par leur venue. Tom lui avait notifié sa garde à vue dans le cadre de l'homicide de mademoiselle Schezyk. L'homme niait toute implication dans cette affaire et ne comprenait pas l'intervention des policiers sur son lieu de travail. Le trajet vers l'hôtel de police s'était déroulé dans le plus strict silence. Tom et Chloé avaient déjà en tête l'enchaînement et le déroulement approximatif de l'interrogatoire. Ils savaient, par expérience, sur quels points appuyer et quels éléments avancer pour avoir des aveux. Le silence imposé était une manière à eux de mettre l'homme en phase de réflexion. S'il avait quelque chose à se reprocher, les idées devaient s'entrechoquer dans sa tête afin de trouver une issue.

Tom commença par le rituel administratif d'une mesure de garde à vue. Inventaire des affaires de l'individu en sa présence, demande d'assistance par un avocat, visite d'un médecin, etc. Il avait ensuite placé l'individu en cellule, afin de le faire réfléchir avant la première audition. Il savait que le temps était compté. Les vingt-quatre premières heures étaient décisives, il fallait les utiliser à bon escient. D'une part, afin d'apprendre le maximum d'informations intéressantes et nécessaires à l'avancée de l'affaire et d'autre part, afin de permettre, si besoin est, la prolongation de la garde à vue de vingt-quatre heures. Elle pouvait s'apparenter en somme à un combat chronométré entre deux parties. L'une essayant d'établir la vérité, l'autre tentant de se défendre bec et ongles pour prouver son innocence ou de minimiser les reproches exprimés à son encontre. Les deux parties avaient des cartes en main, prêtes à être abattues pour remporter la manche. Tom était remonté des geôles avec M. Kolher. Ils s'étaient tous deux installés dans le bureau de l'officier. Chloé les y attendait déjà. Tom lança l'interrogatoire et la partie commençait mal pour Xavier Kolher.

— Monsieur Kolher, êtes-vous en contact avec un personnel de la société Iris gardiennage ?

— Oui, avec le patron uniquement. Pour des raisons professionnelles puisqu'il assure la protection de mon site.

Chloé resta en retrait. Ainsi, elle pouvait avoir une autre perception du dialogue. La première étape consistait à laisser libre court à la discussion. Aucun élément n'était avancé, seules quelques questions orientées étaient posées afin de juger le comportement du mis en cause. C'était ce dernier qui dirigeait le débat pour le moment. Tout était fait pour le lui faire croire en tout cas, et cela fonctionnait plutôt bien jusque-là. Sûr de lui, ayant réponse à toutes les questions et ne cherchant pas ses propos, ses fonctions professionnelles lui apportaient une aisance orale confortable. Il disposait d'un large vocabulaire qu'il utilisait parfaitement. Son attitude n'était pas altérée.

L'échange s'était soldé par l'impression de l'audition et sa signature par les deux hommes. M. Kolher avait ensuite été raccompagné en cellule pour une période de mise au repos. Chloé et Tom en avaient profité pour tirer les premiers constats de l'interrogatoire. Leurs propos se rejoignaient sur le fait que l'homme était très habile et tentait d'apporter réponses et contre-arguments à toutes les pistes que Tom lui avançait. Il était resté de marbre jusqu'à sa mise au repos. Une vingtaine d'heures étaient encore offertes aux enquêteurs. La prochaine audition allait être menée par Chloé en début de soirée. Il lui restait donc du temps pour préparer les questions futures et l'orientation que devait prendre l'entretien.

Tom avait pris soin d'aller voir Jimmy et Emilien. Au sujet de l'enquête sur le dealer, l'affaire prenait une dimension assez importante au fur et à mesure des écoutes téléphoniques. Le nombre d'impliqués s'étoffait de jour en jour. Un partenariat avec la brigade des stupéfiants avait été établi. L'ampleur allait être telle qu'elle allait contraindre les services à se faire épauler davantage. Pour le moment, les deux officiers passaient du temps à écouter, recouper et vérifier des informations issues des conversations téléphoniques. Des filatures allaient également être effectuées afin de déterminer les domiciles, les points de vente et d'approvisionnement. Tom avait apporté son soutien à ses deux amis. Il espérait pouvoir les aider dès lors que son emploi du temps le lui permettrait. Il avait, pour le moment, la lourde tâche d'arrêter l'assassin d'Aline Schezyk.

Chloé était partie au sous-sol pour récupérer le gardé à vue. Tom avait pris place au fond du bureau en attendant leur retour. L'homme avait conservé une partie de son allure assurée. Chloé avait cependant pu observer un discret changement d'attitude à l'issue de sa période de repos. C'était légèrement soucieux que Xavier Kolher avait pris place face à la policière en civil.

— Reprenons, lança-t-elle. Avez-vous quelque chose à ajouter ou modifier sur votre précédente audition ?
— Non, rien de particulier.
— Bien, alors je vais donc poursuivre, je n'ai que deux questions à vous poser avant de vous ramener à votre cellule. Tout d'abord, combien de téléphones portables possédez-vous ? Ensuite, connaissez-vous ces numéros monsieur Kolher ?

Elle lui tendit une feuille où étaient écrits trois numéros de téléphones portables.

— Je n'ai qu'un téléphone, avait-il répondu furtivement. De tête, ces numéros ne me parlent pas, il faudrait que je puisse consulter mon répertoire, continua-t-il fébrilement.

En voyant les numéros, son regard sursauta. Il tenta de dissimuler sa réaction, en vain. Chloé l'avait fixé à ce moment précis. Une faille béante venait de voir le jour. Cet homme si sûr de lui, si posé, si droit quelques heures auparavant, venait de vaciller. Le regard insistant de Chloé avait accentué le phénomène. De légères rougeurs apparaissaient sur ses joues, des gestes parasites prenaient naissance. Chloé coupa court à l'audition. Elle se contenta de retranscrire les réponses apportées et de lui faire signer le formulaire imprimé avant de le raccompagner dans sa cellule.

Elle remonta ensuite les escaliers pour rejoindre le bureau de Tom. Animée par la tournure que prenait l'audition, elle était réjouie d'avoir pu trouver une piste intéressante quelque temps auparavant.

— On va le laisser mijoter un peu dans sa cellule, je le reprendrai après.
— Tu veux que je m'en occupe ?
— Oh non, s'il te plaît Tom, laisse-moi faire si tu veux bien !
— Très bien, tu l'as fait tituber une première fois, je te laisse la possibilité de le faire tomber.

Contente de la réponse, elle enlaça son ami et lui glissa un baiser dans le cou. Tous deux surpris par cet acte, Chloé rebondit en prétextant l'euphorie du moment.

Ils avaient profité des quelques minutes de pause pour se restaurer rapidement. En ce début de soirée, les bureaux étaient presque vides. Seule la femme d'entretien naviguait entre eux afin de rendre les lieux propres et opérationnels pour le lendemain. Tom avait profité de ce moment pour demander à Chloé si son moral était revenu après sa séparation. Elle lui avait confié quelques passages délicats, mais que l'amélioration se faisait sentir. L'enquête lui permettait d'avoir l'esprit occupé. Elle avait pu se remettre pleinement dans son activité physique de prédilection. Cela lui permettait d'évacuer une grande partie de ses préoccupations et la fatigue physique venait à bout d'elle quand elle rentrait le soir, lui offrant une pleine nuit de sommeil réparateur. Tom avait plaisir à voir l'amélioration de son comportement et le lui avait fait remarquer. Le repas avalé, elle trépignait d'impatience de reprendre le combat et de voir l'impact qu'avait pu avoir le premier coup porté.

À l'ouverture de la cellule, Kolher était tapi dans la pénombre. Recroquevillé sur le banc scellé dans le mur, il tenait ses genoux contre sa poitrine. Le froid commençait à se faire sentir. Sa mine était déconfite, son regard vague, il paraissait tourmenté. Il ne reflétait plus l'image de chef d'entreprise qu'il avait donné à son arrivée à l'Hôtel de police dans l'après-midi. À cette heure avancée de la soirée, il était fatigué. Fatigué par la journée passée, par les questions posées, par les idées qui l'habitaient. Désorienté par le temps passé en cellule, coupé de l'extérieur, sans repères temporels, il ne savait même pas quelle heure il pouvait être. Combien de temps avait-il pu passer dans le noir presqu'absolu ? Étions-nous le soir ? La nuit ? Le petit matin ? Sans le savoir, il entamait sa dixième heure de garde à vue et une nouvelle audition menée par Chloé plus décidée que jamais à le faire parler. Ils regagnèrent le bureau quitté auparavant et Chloé s'installa derrière l'écran de l'ordinateur.

— Vous nous avez affirmé ne pas reconnaître les numéros précédemment présentés, mais qu'il vous faudrait vérifier dans votre répertoire, et ne posséder qu'un seul téléphone portable M. Kolher. J'ai demandé les factures détaillées de chaque appareil, et après quelques investigations, il s'avère qu'un des trois numéros vous appartient. En approfondissant les recherches, vous étiez en lien avec Aline Schezyk, l'agent de sécurité retrouvée morte au sud de la ville. Vous échangiez tous deux des messages depuis quelque temps, et ce, de façon régulière.
— Arrêtez, je vous en prie, arrêtez !

L'homme s'effondra soudainement en pleurs.

— Aline et moi avions une relation depuis des mois. Elle en voulait plus, chaque jour… Je ne pouvais pas satisfaire ses demandes. J'aime ma femme, j'aime mes enfants. Je ne pouvais pas tout quitter et tout perdre… J'ai réfléchi, longuement, j'étais dans une impasse. Aline menaçait de tout dévoiler au grand jour. Je n'avais plus d'autre choix, il fallait que cela s'arrête.

Chloé contenait son émotion devant ce grand gaillard qui se découvrait tout à coup. Elle n'en perdait pas une miette et tapait au plus vite sur le clavier les propos entendus. Les faits se précisaient enfin. Quelques zones d'ombre devaient encore s'éclaircir. Kolher se calma rapidement et continua sa narration.

— J'ai donc pris contact avec un homme qui m'a proposé ses services. Il s'occupait d'elle et je devais me débrouiller pour l'indemniser. Je ne pouvais pas lui fournir de liquide, ou de fonds directs de ma société, cela aurait été trop flagrant une perte si importante. J'ai donc pensé au vol. La marchandise dérobée dans mon entrepôt servait d'indemnisation à lui et son ami. Je devais simplement neutraliser l'alarme. Ainsi, la société de gardiennage n'interviendrait pas le soir du vol. Cela leur laissait le temps nécessaire pour se servir. Deux vols consécutifs auraient fait croire à une bande organisée qui sévissait dans la région. Je savais que la nuit du deuxième vol Aline travaillait, je n'avais qu'à les en informer, ils connaissaient la procédure pour le reste. Une fois le travail effectué, je devais leur fournir de fausses factures et garanties pour le matériel qu'ils avaient dérobé et qu'ils allaient mettre en vente. C'était mon assurance pour qu'ils aillent au bout. Il me reste une enveloppe de factures à leur remettre. J'ai rendez-vous avec eux demain après-midi.

Les deux policiers avaient échangé un regard complice à la fin de la narration. Tom avait quitté le bureau et alla faire remonter les informations à sa hiérarchie. Chloé finissait de récolter les dernières informations nécessaires à l'arrestation des complices. À l'issue de cette révélation, Kolher paraissait libéré. Le poids de l'histoire qu'il portait en lui venait de s'estomper subitement. Il avait choisi d'être coopératif pour la suite de l'enquête. C'était dans son intérêt, bien évidemment.

De retour dans sa cellule, il se retrouvait seul face à ses agissements, face à l'audition qui venait d'avoir lieu. Une quantité d'informations parcourait son esprit. Le cours de sa vie venait de basculer. Adieu la vie de luxe, adieu la notoriété. Quel allait être le regard de sa famille ? Quelle allait être la réaction de ses employés ? Comment avait-il pu en arriver là ? Ses enfants ne méritaient pas cette épreuve. Sa femme non plus. Le mal était pourtant fait. Restait à assumer ses actes et décisions, et y faire face. Il vivrait avec cela jusqu'à son dernier jour et ses proches aussi. Tout s'était passé si vite… Il espérait que sa collaboration le dédouanerait de la peine maximale. C'était, pour lui, une façon de regagner un peu d'honneur dans cette histoire dramatique. Il avait fini par s'endormir, éreinté par l'épreuve franchie.

Dès l'aube, le service fourmillait. L'annonce des aveux effectuée, il était temps de préparer l'interpellation des deux complices. Le restant de la nuit, Tom et Chloé avaient réfléchi à un plan. Ils avaient eu la bénédiction de la hiérarchie et du juge quant à sa mise en pratique. La fatigue commençait à se faire sentir, mais tenus en haleine par l'avancée de l'enquête, ils restaient debout. Ils s'étaient tout de même attribués une petite heure de repos au bureau. Tom n'avait pas eu la possibilité de rentrer chez lui depuis qu'il était parti la veille. Laura en avait l'habitude. À la simple annonce de la mise en garde à vue d'un suspect, elle avait compris qu'il ne serait pas présent pour le dîner, voire plus.

L'heure était à présent venue. L'heure pour Xavier Kolher de participer à l'arrestation de ses deux complices. Il entra dans un bar du centre-ville vers quatorze heures. Habituellement, des lycéens jouaient une partie de baby-foot dans le fond, mais pas aujourd'hui. Une femme blonde se tenait derrière le comptoir et s'attachait à essuyer la vaisselle. Il prit place à une table et commanda un café. Autour de lui, quelques hommes étaient assis çà et là. Certains tenaient des discussions mouvementées, d'autres se contentaient de lire un journal ou boire une bière. La serveuse arriva avec un plateau et déposa la tasse accompagnée de la facturette puis se remit à ranger les verres derrière le comptoir. Deux hommes passèrent la porte d'entrée. Ils saluèrent oralement l'assemblée et vinrent s'asseoir à la table de Kolher. Il s'empressa de commander deux cafés supplémentaires à la serveuse. Les trois hommes conversaient à voix basses. Kolher sortit une enveloppe et la fit glisser sur la table. La serveuse arriva à nouveau avec son plateau. Elle le posa sur la table et en l'espace d'une seconde brandit un pistolet en mettant en joue les deux hommes. Dans le même instant, les discussions alentours se turent et une dizaine de pistolets furent pointés en direction du trio attablé. Les brassards « police » firent leur apparition en un clin d'œil. Les deux hommes se retrouvèrent au sol, menottés. Kolher fut lui aussi menotté, debout. Dehors, une poignée de véhicules, sirènes hurlantes, était stationnée devant le commerce. Les deux hommes insultèrent Kolher de traitre. Ils n'avaient pas mis longtemps à comprendre le piège qui venait de leur être tendu. Tout s'était passé très rapidement. Une fuite n'était pas envisageable. Vancha avait fait le déplacement et avait salué le travail effectué par Tom et son groupe. L'établissement se vida de ses occupants inopinés et l'activité reprit normalement. Chaque client y allait de sa petite remarque, essayant de retracer le fil de l'histoire.

Au service, Tom prit le temps de rassembler son équipe afin d'annoncer le dénouement de l'affaire. Le groupe 2 du SRPJ était là au complet, face à lui. Il en profita pour rapporter les propos de Vancha quant à la réussite de l'opération, et félicita à nouveau Chloé pour son travail. Un mot alla également en direction d'Emilien et Jimmy bien qu'écartés de force de l'enquête.

C'était fatigué mais avec un sentiment de réussite que Tom avait pris le chemin de la maison. Il avait hâte de se poser et de récupérer. Laura devait trouver le temps long se disait-il. Ses paupières étaient lourdes et le retour paraissait interminable pour une fois. Sa maison se profilait enfin, à quelques centaines de mètres. Il se gara le long du trottoir et prit la peine de prendre son sac à dos et son porte-documents. Il passa le seuil de l'entrée. La maison semblait vide. Laura était certainement partie en ville. Il lâcha ses sacs dans le couloir et posa ses clés sur la commode à l'entrée. Son regard fut attiré par un mot laissé sur la table de la cuisine.

« *Tom, notre situation ne fait qu'empirer au fil des jours, et ce, depuis des mois. Je ne te reproche rien. Je ne suis pas à la hauteur, je ne te soutiens pas, je ne t'apporte pas l'attention que tu mérites, je ne t'aime pas comme il le faudrait. Je préfère partir et ne pas revenir. Tu sauras te reconstruire et trouver quelqu'un qui t'appréciera à ta juste valeur. Ne te soucie pas de moi, j'ai trouvé un appartement meublé. Je n'ai récupéré que mes affaires personnelles, garde le reste. Je ne te mérite pas, c'est mieux ainsi pour nous deux. Prends soin de toi mon petit flic...* »

L'argent a un prix

L'eau chaude se déversait sur sa nuque et glissait le long de son corps lui procurant une sensation vivifiante. La condensation envahissait la salle de bain et recouvrait la paroi de la douche à l'italienne. Elle aurait pu se croire dans un hammam. *Quoi de meilleur ?* se disait-elle. Rien de tel pour effacer la séance qu'elle venait d'effectuer. Sportive dans l'âme, Chloé était rentrée quelques minutes plus tôt de son entraînement de judo. En ce début de saison, elle préparait son examen pour l'obtention de la ceinture noire prévu pour l'été prochain. Déçue de n'avoir pu commencer cette activité plus jeune, elle tentait de rattraper le temps perdu. Son père était la cause principale de ce retard et elle avait appris, avec le temps, à ne pas lui en vouloir. Très protecteur, il ne pouvait concevoir que sa fille chérie puisse un jour affronter un adversaire ! Elle lui avait fait ravaler son discours le jour où elle avait dû lui annoncer sa réussite au concours de police et son entrée en école. Les quelques larmes de joie qu'il avait laissé perler sur ses joues lui avaient montré son changement de point de vue et la fierté qu'il éprouvait. Cet homme grand, retraité, ancien officier dans l'armée, avait toujours su imposer le respect. L'éducation stricte dispensée à ses deux enfants leur avait certainement permis d'en être là à ce jour. Ils pouvaient tous deux l'en remercier. Grégory avait suivi les pas de son père et avait embrassé une carrière militaire. Cadet de la famille, il restait néanmoins le chouchou de sa mère, sans méchanceté aucune vis-à-vis de Chloé. Il était actuellement en mission à l'étranger. Engagé pour une période de six mois, il était la principale source d'angoisse pour ses proches restés sur le continent.

Chloé prit soin de se sécher délicatement. Elle fit un rapide état des lieux des dégâts causés par la séance. Sa jambe gauche était couverte de rougeurs. Il n'était, de fait, pas question de sortir ses jupes. Cela tombait plutôt bien car elles ne faisaient pas partie des vêtements quotidiens prévus pour aller travailler et son célibat l'avait rendu casanière ces derniers temps. Elle enfila son peignoir épais avant de pousser la porte de la salle de bain et d'être saisie par la différence de température. Une lumière d'appoint éclairait son salon où elle prit place sur le canapé. Elle avala un repas sur le pouce en regardant les informations à la télévision. Entendant la pluie battante sur sa fenêtre de toit, elle savourait sa couverture molletonnée. Son appartement se trouvait au 3ème et dernier étage d'un petit immeuble récent. Elle avait saisi l'opportunité de cette location quelques mois auparavant suite à sa séparation. Le quartier était calme et l'appartement bien situé car à proximité des commodités et de l'hôtel de police. Une aubaine vu la somme du loyer demandé. Une cuisine à l'américaine donnant sur un salon, une salle de bain, un bureau, une chambre, une mezzanine, le tout parfaitement rénové, bref de quoi vivre paisiblement.

Elle avait profité de ces quelques instants de repos pour s'enquérir du moral de Tom. Son chef de groupe, mais avant tout ami, qui vivait plutôt mal sa séparation brutale et avait profité d'une baisse d'activité professionnelle pour prendre congé. Soucieuse de sa santé, elle avait pris régulièrement des nouvelles durant ses vacances et s'était montrée disponible pour l'aider dans ce passage délicat. Leur amitié n'était plus à prouver après les différentes étapes qu'ils avaient été amenés à traverser. C'était tout naturellement qu'elle se préoccupait de lui. Le savoir seul à plusieurs centaines de kilomètres ne la rassurait guère. Une conversation téléphonique lui permit d'être soulagée et de s'endormir en toute quiétude. Elle pourrait ainsi entamer sa dernière journée de travail avant un week-end tant attendu.

De son côté, Tom esquissait un petit sourire au coin des lèvres. L'échange téléphonique lui avait apporté du baume au cœur. Son séjour arrivait à terme et il était temps pour lui de reprendre sa vie et d'affronter les événements. Il avait pu se ressourcer et se recentrer sur lui-même. Le soutien qu'avait pu lui apporter son amie avait été un élément moteur à son rétablissement. Cette femme savait comment le ramener à la raison et trouver les mots justes. Il s'en faisait la remarque à plusieurs reprises. Un atout si précieux, qu'il s'était mis un point d'honneur à entreprendre tout ce qui était nécessaire pour le garder le plus longtemps possible.

Il venait de vivre quelques jours reclus tel un ours en hibernation dans un chalet aux confins d'une basse chaîne montagneuse. Il aimait y venir lors des moments de doute afin de s'offrir randonnées, pêche en rivière ou simple repos loin des tracas citadins. Ayant hérité du bien suite à la disparition de son grand-père, il lui tenait à cœur d'entretenir l'endroit, et de fait la mémoire du défunt. Lors d'une randonnée, le vieil homme avait glissé sur un rocher, ce qui avait entraîné une chute fatale de plusieurs mètres en contre-bas. Parti seul, ce n'est que le lendemain que les équipes de secours avaient pu retrouver le corps sans vie du malheureux. Cet ancien guide de montagne venait d'être ainsi tué par celle qu'il aimait tant.

Après une nuit de sommeil réparateur, il s'était occupé à ranger ses quelques affaires et nettoyer l'endroit, avant de le sécuriser et de reprendre la route vers son domicile. Le GPS indiquait un trajet de quatre heures et trente-trois minutes. C'était sans compter les embouteillages d'un week-end de retours de vacances. Qu'importe, le trajet faisait partie du lot et le travail ne reprenant que lundi, il n'était pas pressé de rentrer. Un appel, reçu sur son portable personnel pendant le trajet le remit vite dans le bain et annonça une nouvelle affaire pour le groupe 2.

*

La traditionnelle réunion de début de semaine allait commencer. À cette table, se retrouvaient le commissaire Vancha et les trois chefs de groupe. Ils allaient aborder les affaires en cours, celles à venir et les différents sujets d'actualité. Vancha avait distribué quelques tâches diverses au groupe 1 au sujet d'un blanchiment d'argent. Le groupe 2, quant à lui, avait à éclaircir une suspicion de travail dissimulé dans une entreprise de la ville. Le groupe 3 étant sur sa semaine d'astreinte, l'actualité saurait lui apporter une nouvelle affaire. C'était une question de temps. Une fois les missions attribuées, Vancha proposa un tour de table mais personne n'eut à ajouter quoi que ce soit. Mareval s'empressa de quitter l'assemblée et de réunir son équipe à huis clos dans son bureau.
Jimmy prit la parole.

— Quelles sont les réjouissances ?
— Une petite affaire de travail dissimulé, pour l'instant on s'en cogne. Vancha attendra. J'ai reçu un coup de fil d'un de mes « tontons » samedi. On a une affaire plus intéressante. Personne n'est au courant et cela en restera ainsi pour le moment.

Un silence s'installa à l'issue de l'annonce. Le groupe connaissait son chef et pouvait avoir pleinement confiance en lui. Si un indic l'avait contacté sur son portable personnel, c'est que le tuyau était fiable et conséquent.

— Une équipe a effectué des repérages pour trouver un engin de terrassement type mini pelle sur des chantiers. Ils ont dans l'idée d'arracher des distributeurs automatiques de billets. On va planquer et leur tomber dessus en flag lorsqu'ils s'attaqueront au D.A.B. J'ai besoin de vous, de votre confiance, de votre professionnalisme, de votre silence. Si j'avertis Vancha et toute la clique, je n'aurai pas carte blanche, ils vont s'emparer du coup et au moindre faux pas mon indic se fera descendre. Si vous ne voulez pas être de la partie, je le comprendrais aisément. Je vous laisse le choix de sortir dès à présent.

Tom regarda alors ses collègues individuellement. Tous lui rendirent son regard soutenu en guise de réponse. L'équipe était soudée, il en avait la preuve une nouvelle fois.

— Merci. Je vais vous expliquer la suite.

Chacun regagna son bureau avec cette affaire en tête. Ils se plongèrent dans le travail, concentrés. Le groupe PJ de Mareval se différenciait des deux autres du service. Il était particulièrement reconnu et apprécié par le commissaire divisionnaire Vancha. Il faisait également des envieux par son professionnalisme, sa rigueur et son sérieux. Néanmoins, Tom usait de temps à autre de subterfuges pour arriver à ses fins. Il était l'un de ces mecs passionnés par leur métier, frôlant parfois les limites de la légalité, mais agissant toujours dans le but de rétablir la justice.

Vancha quitta son bureau en ce début de soirée. Il passa devant celui de Tom et le vit derrière son écran d'ordinateur.

— Encore là Mareval ? Pensez à prendre du temps pour vous, les moments perdus ne sont jamais rattrapés.

— Merci patron, je vais y penser. Je termine juste une procédure et je rentre.
— Bonne soirée, à demain.

Il était plutôt bien ce patron, pensa Tom. Proche de ses hommes, il agissait tel le bon père de famille. Une qualité que les jeunes chefs de service d'aujourd'hui ne possédaient pas toujours. Lui était de l'ancienne école, dommage qu'il ne lui restât qu'une poignée d'années à travailler. Le moment venu, le service allait sentir un manque, à n'en pas douter.
Perdu dans ses pensées, Tom fut ramené à la raison par les vibrations de son téléphone.

— Je t'écoute Freddy.
— Ce soir, chantier de démolition rue Foch.

C'était en fait ce coup de fil que l'officier attendait patiemment. Le groupe reçut un message demandant de gagner le bureau pour 23 h 00. Chloé profita des quelques heures de répit pour se reposer un peu. La nuit allait sans doute être courte.

La porte automatique du garage souterrain s'ouvrit. Les phares des deux véhicules banalisés éclairaient la cour de l'hôtel de police, déserte à cette heure. Les officiers avaient pris avec eux appareils photo et paires de jumelles. Tom prit la direction du centre-ville. Le boulevard leur appartenait. Seul un camion de ramassage d'ordures ménagères était sur leur chemin. Les feux tricolores effectuaient leur cycle machinalement sans différenciation entre la nuit et le jour et, pour le moment, le conducteur avait obligation de s'arrêter à chacun d'eux.

— Ça commence à me gonfler là !

— Ne t'énerve pas l'as du volant, on va vite se faire repérer si tu les franchis tous au rouge.

La rue Foch n'était plus qu'à quelques encablures. Ils firent un premier passage devant les lieux puis Tom trouva un endroit discret où stationner le véhicule. Emilien et Jimmy se positionnèrent à l'opposé. Idéalement placés, ils avaient vu sur l'entrée du chantier et l'engin en question. La rue était calme. Ils devaient être attentifs afin de ne pas se faire remarquer par l'équipe de cambrioleurs. Chloé prit quelques clichés de l'entrée.

— Un café ? J'ai prévu ce qu'il faut…

Tom accepta volontiers. Chloé était la reine de l'intendance. Une aubaine dans ces circonstances. La température extérieure était plutôt fraiche en ce début d'hiver. Ils ne pouvaient pas compter sur le chauffage, le véhicule étant à l'arrêt pour ne pas trahir leur position. Un véhicule s'annonça à l'entrée de la rue. Les deux silhouettes s'enfoncèrent dans leur siège. La voiture passa à côté d'eux à allure normale puis s'engouffra dans une allée privée.

— Fausse alerte mon Tom. J'espère que Freddy ne nous a pas vendu du flanc !
— J'ai confiance en lui, il n'a aucune raison de me refiler un tuyau pourri.

Freddy avait été arrêté par Tom une bonne douzaine de fois. Spécialiste du vol à la roulotte, il le pratiquait pour arrondir ses fins de mois. Un pauvre type pas méchant, essayant de s'en sortir et faire vivre sa femme et son fils. Il était devenu au fil du temps un indic précieux en contrepartie de sa liberté. Il savait que le moindre faux pas suivant l'emmènerait derrière les barreaux. Les minutes défilèrent, le journaliste radiophonique annonçait en bruit de fond minuit et demi.

— Tes vacances ont été bénéfiques ?
— Oui, très. Je me sens mieux de jour en jour. Certains soirs sont plus durs que d'autres, mais dans l'ensemble, je m'en sors. Je voulais en profiter pour te remercier une fois de plus pour ta présence et ton soutien. Tu sais comment t'y prendre avec moi. Je ne suis pas très doué pour exprimer tout ça, mais…
— Tom !
— Laisse-moi finir s'il te plaît.
— Un camion se pointe dans le rétroviseur. À cette heure, je doute qu'il vienne livrer quoique ce soit !
— Ce sont eux…

Tom saisit l'émetteur radio.

— Ça arrive, camion de travaux publics à l'entrée de la rue derrière nous.

Le camion passa à leur hauteur puis se gara le long du trottoir devant l'entrée du chantier. Le conducteur prit soin d'actionner les feux de détresse et les gyrophares du véhicule. Un complice, en tenue d'ouvrier, força le cadenas au coupe-boulon. En une poignée de secondes, le moteur de la mini pelle se mit à tousser et le pot d'échappement cracha une épaisse fumée noire. L'engin avança en direction de la remorque. Les deux rampes venaient d'être déployées, le véhicule se hissa sur le plateau. Le conducteur du poids lourd redressa les deux rampes pendant que le complice arrimait la mini pelle. Tous deux remontèrent dans le camion et prirent la fuite bien loin de s'imaginer qu'ils venaient d'être mitraillés par deux objectifs longue portée.

Chloé se releva du fond de son siège.

— Audacieux ! Faire comme s'ils venaient récupérer leur bien...
— C'est du gros gibier. On va les suivre à distance pour qu'ils nous amènent à leur planque.

Tom envoya un message à la radio :

— Emilien de Tom, ça part on filoche prudemment.
— C'est parti !

La remorque attelée disparut à l'angle de la rue. Les deux véhicules banalisés se mirent en route tour à tour afin de ne pas éveiller les soupçons. La faible circulation n'aidait en rien la filature. Néanmoins, un camion muni d'une remorque restait plus facile à identifier qu'un véhicule lambda. Le convoi prit la rocade, puis emprunta la sortie numéro douze. Il arriva à proximité des entrepôts sud. Une porte métallique se leva à l'approche de celui-ci. Il s'engouffra à l'intérieur du garage plongé dans la pénombre avant que le rideau ne s'abaisse derrière lui. Un véhicule de type 4x4 immatriculé à l'étranger surgit de l'arrière du bâtiment. Les officiers prirent les derniers clichés avant de partir derrière lui. La banlieue ouest fut rapidement gagnée. Le 4x4 s'immobilisa un instant le long du trottoir. Le passager en descendit et pénétra dans un immeuble de quatre étages. Le véhicule reprit sa route avant de s'arrêter une nouvelle fois devant un second immeuble. Les phares s'éteignirent, le conducteur venait d'arriver à son domicile.

Les deux véhicules banalisés regagnèrent l'hôtel de police. Tom remercia ses collègues pour le travail fourni et leur adressa un dernier mot.

— Allez dormir un peu, c'est mérité. Chloé, tu me déniches le proprio du garage. Emilien et Jimmy vous vous penchez sur les deux « ouvriers ». On va surveiller le dépôt, ils n'y reviendront certainement que pour aller taper.

Tom et Chloé s'étaient attachés à ne pas laisser traîner le matériel photo dans les véhicules. Ils déambulèrent dans les couloirs déserts jusqu'à leur service. Seul l'accueil était éclairé à cette heure. Chloé s'accroupit pour ranger la valise dans une armoire et prit celle des mains de Tom pour la mettre à côté. Elle se redressa, ferma la porte métallique puis prit soin de verrouiller la serrure à clé. Elle se tourna face à Tom.

— Mais ?
— Mais quoi Chloé ?
— Dis-moi la suite ! Nous avions une discussion avant que le camion n'arrive…

Tom se sentit un instant désarçonné. Il se tenait tout droit devant cette jolie blonde avec son doux regard vert. Il ravala sa salive avant de bredouiller.

— Mais…. J'apprécie fortement ta compagnie extra-professionnelle. Ça me fait du bien de savoir que tu es là. Merci.

Les yeux de Chloé s'illuminèrent à l'écoute de ces mots. Souriante, elle lui répondit en l'enlaçant. Il ne put s'empêcher de respirer l'odeur de ses cheveux et le parfum qu'elle dégageait. Ils auraient pu rester ainsi des heures. Une agréable sensation avait traversé le corps de Chloé. Elle posa furtivement ses lèvres au coin de celles de son partenaire avant de quitter le bureau et de rentrer chez elle.

Allongé sur son lit, Tom revivait ce baiser volé. Son esprit était en effervescence. Des questions fusaient de toute part. Quelle en était la signification ? Désirait-elle plus ? Avait-elle des sentiments ? Qu'allait-il se passer demain matin lorsqu'ils se retrouveraient au bureau ? Une chose était néanmoins certaine pour lui, l'instant avait été magique. Ceci ne l'aidait pas dans ses réflexions.

*

Vancha était de mauvais poil ce matin-là. Tom, mal réveillé, mais déjà au travail, l'entendait bougonner dans son bureau. La journée va être longue, se dit-il. Il valait mieux ne pas croiser son chemin dans ces moments-là. Il se pointa devant le bureau de Tom.

— Mareval, je cherche Tomasini !
— Machine à café certainement, répondit Tom sans même lever le regard de son ordinateur.

Tomasini, Philippe Tomasini, chef du groupe 3 du service de police judiciaire, surnommé « gros Tom' », par le groupe de Mareval. Cheveux gras, odeur douteuse, gabarit hors norme, cigarette collée au bec, ses collègues peinaient à travailler avec et attendaient avec impatience sa retraite. Plus que trois mois, une dizaine de semaines d'astreinte en somme, avant la délivrance. Assez laxiste, il avait pourtant du mal à lâcher les rênes du groupe à son adjoint qui aspirait à le remplacer une fois son départ effectif.

— Venez dans mon bureau Tomasini, j'ai du boulot pour vous.

Les deux hommes repassèrent dans le couloir. Le gros Tom' suivait Vancha nonchalamment, comme à son habitude. La porte du bureau resta ouverte, laissant la discussion audible pour tous.

— C'est pour quoi ? Une pute qui s'est fait zigouiller encore ?

— Un peu de tenue Tomasini, ça vous changera. Non, il s'agit d'un vol. Un engin de terrassement a pris des ailes cette nuit sur un chantier. C'est pour vous, c'est votre semaine.
— Palpitant comme affaire. Il est déjà parti à la revente à l'étranger votre truc.
— Si vous le dites ! Prouvez-le rapidement donc, et l'affaire sera close Tomasini.

À l'écoute de cet échange, Tom releva subitement la tête. Il ne pouvait laisser Tomasini enquêter sur ce vol au risque de compromettre la suite de l'affaire. Il l'interpella et l'invita à entrer dans son bureau.

— Tu n'as pas l'air emballé par l'affaire Phil' ? Tu veux que je la prenne ?
— C'est ma semaine, je la prends. C'est le jeu. Et puis tant que je fais ça, je ne fais pas d'autres conneries pour le patron.
— De notre côté, c'est plutôt calme, je m'en occupe ; moi, elle m'intéresse cette affaire.
— Tu m'emmerdes Mareval ! Occupe-toi autrement. Je la garde.

Tomasini tourna les talons et quitta le bureau de Tom. Il croisa Chloé dans l'encadrement de la porte.

— Toujours aussi puant ce gros Tom', balança-t-elle à son chef.
— Ne m'en parle pas, et casse burne par-dessus tout. Ferme la porte s'il te plaît. Le vol d'engin de cette nuit vient d'être déclaré. Le patron a missionné le groupe de Tomasini pour bosser dessus. Va sur place et regarde s'il y a de la vidéo-surveillance. On va le retarder au maximum dans ses investigations. Prends Emilien avec toi.

Tom se doutait que l'affaire du vol de la nuit allait arriver sur le bureau de Vancha au petit matin. Il avait pensé pouvoir convaincre Tomasini de la lui céder, en vain. Il ne pouvait lui dévoiler le but du larcin. Pas assez fiable ce Philippe. À ce point de l'enquête, il était encore trop tôt pour que Mareval avertisse la hiérarchie.

Les casseurs allaient se faire oublier un peu avant d'aller taper le D.A.B. Cela laissait du temps aux O.P.J pour poursuivre les recherches et identifier les différents individus. Chloé avait pu dénicher le propriétaire du garage où l'engin avait été remisé. Un homme au casier judiciaire bien rempli surnommé « Le Fada ». Vol, vol en réunion, vol avec violence, vol à main armé. Un « client » comme on dit dans le service. Sorti de prison il y a à peine deux mois et demi, il remettait le couvert rapidement à priori. L'identification des deux ouvriers noctambules était plus compliquée. Un rapide tour dans les halls d'entrée des immeubles n'avait pas permis de mettre au jour un nom connu parmi ceux figurant sur les boîtes aux lettres. Certainement hébergés, il serait plus long de mettre la main dessus, mais le groupe finirait par tomber.

À la prise de connaissance du nom, Mareval eut l'idée de mettre l'intéressé sur écoute. Un appel au service de soutien technique permit de lancer l'affaire. Le chef de service ayant des dettes envers Tom, l'absence de réquisition du procureur n'avait pas été insurmontable pour obtenir la faveur désirée.

Jimmy assurait la surveillance du garage. À bord d'une camionnette pourrie, estampillée aux couleurs d'une entreprise de plomberie, il observait discrètement les allers et venues aux abords de la remise. Cette camionnette n'avait de pourrie que l'apparence. À l'intérieur, se trouvait du matériel Hi-Tech permettant d'écouter, de surveiller et d'enregistrer l'environnement de jour comme de nuit, le tout sans se faire repérer. Le soum' pour les officiers, en référence aux sous-marins et à leurs capacités discrètes de prise de renseignement d'espionnage.

La relève allait arriver, quel soulagement ! Quatre petits mètres carrés où élire domicile pendant des heures, dans l'obscurité, en étant attentif au moindre bruit et à l'environnement extérieur, et à devoir uriner dans une bouteille en plastique. Sans oublier l'isolation précaire qui vous laisse avoir froid l'hiver et transpirer à grosses gouttes sous le soleil. Des moments à vivre, à n'en pas douter, que bon nombre de collègues n'enviaient pas. Le groupe de soutien technique apportait sa contribution pour le matériel embarqué, mais également pour les tours de garde à bord de cet engin.

*

Le chef du groupe 2 profita de la fin de journée pour rassembler ses personnels et faire le point sur l'avancée des investigations. La mise sur écoute était effective depuis le début d'après-midi et n'avait rien apporté d'alarmant jusque-là. La surveillance du garage se poursuivait, Tom allait prendre la relève de l'agent du soutien technique pour la nuit. L'équipe restait mobilisable et disponible à chaque instant. Au moindre signal, ses membres devaient se rejoindre rapidement, embarquer l'armement lourd et converger pour fondre sur les truands.

Tom prit le temps de repasser par son appartement afin de récupérer de quoi tenir la nuit. Un petit encas, des affaires chaudes, un thermos de café et son sac à dos. Rompu à ce genre de tâche, l'expérience lui avait permis d'établir le package nécessaire pour que les conditions soient optimales lors de ces exercices.

L'agent du soutien technique esquissa un léger sourire lorsqu'il entendit la porte latérale de la camionnette grincer.

— Alors Charly, ça a bougé cet après-midi ?

— Absolument rien, calme plat.

L'officier ne se formalisa pas. Une action de jour était presque impensable, trop risquée. Il s'installa et vérifia le bon fonctionnement des appareils par acquis de conscience. Assis sur une banquette, il laissa reposer sa tête contre la paroi du véhicule. Rapidement, son esprit se mit à penser à Chloé. Ils n'avaient pas eu l'occasion de reparler du baiser jusque-là. C'était peut-être mieux ainsi, se disait-il. S'il devait y avoir suite, les événements feraient en sorte de les y conduire. Et puis elle n'en manifestait pas l'envie, ou du moins pas de façon claire. Peut-être avait-elle changé d'avis ? Une discussion serait la bienvenue malgré tout. Il saisit son téléphone et s'apprêta à lui envoyer un SMS. Une hésitation s'installa. Il commença la rédaction du message puis referma son portable sans même l'envoyer. Gagné par la fatigue, il se recentra sur sa mission en laissant, pour le moment, sa préoccupation de côté.

Le matin se levait. La circulation se densifiait dans la zone. Des véhicules de tous types passaient devant Tom sans même savoir qu'ils étaient observés. Concentrés sur leur route ou ayant encore la tête endormie, les conducteurs ne prenaient pas la peine de tourner la tête à droite ou à gauche. Le regard vers l'horizon, ils avançaient tels des moutons. La nuit n'avait rien apporté. Une fois de plus. Tom commençait à remettre en question Freddy. Le vol d'engin était peut-être effectué uniquement dans le but de le revendre après tout. Il lui donnerait un petit coup de fil dans la matinée afin de tirer les choses au clair.

Au service, Vancha s'était encore levé du mauvais pied aujourd'hui. Chloé en faisait les frais.

— Fadelo, où est votre chef encore ?

— Il a passé une sale nuit, il a été malade. Il passe chez le médecin et arrive dans la matinée.
— Pauvre petit. Dites-moi où en est l'enquête sur le travail dissimulé au lieu d'essayer de le couvrir !
— Nous ne reculons pas patron. Le travail se fait normalement, nous devrions pouvoir lancer les perquisitions la semaine prochaine.

Dur en affaire, ce Vancha se dit-elle. Il n'y avait pourtant rien de pressant dans cette enquête. Il devait certainement être sous pression à cause de ses supérieurs. La fin d'année approchant, les chiffres ne devaient pas être à la hauteur des espérances.

Mareval arriva en milieu de matinée avec la mine fatiguée. À peine installé derrière son bureau, le patron entra.

— Alors Mareval, on est malade ?
— Tenez, mon certificat médical.

Pris de court, Vancha resta bouche bée et ne posa même pas le regard sur la feuille qui lui était tendue. Il tourna les talons et disparut au fond du couloir. Chloé passa la tête dans l'encadrement de la porte du bureau de Tom et lui adressa un clin d'œil accompagné d'un sourire.

Le téléphone de Tom se mit à sonner. « Freddy » clignotait sur l'écran.

— Je comptais t'appeler, tu t'es foutu de moi ?
— Cette nuit.

La discussion s'arrêta ainsi. Tom passa voir individuellement chaque membre de son groupe afin d'annoncer la nouvelle. Une mise au point de la marche à suivre serait effectuée. Il demanda à Emilien d'être attentif aux écoutes durant la journée. Des infos devraient certainement fuser. Jusque-là, rien n'avait pu éveiller l'attention des enquêteurs, à leur grand étonnement. L'intéressé était peut-être en possession d'un deuxième téléphone.

Le début de soirée s'abattait sur l'hôtel de police vide de ses vacataires diurnes. Mareval descendit les escaliers et poussa les portes de la brigade anti-criminalité. Le chef de groupe de la nuit venait d'arriver. Tom entra dans son bureau et referma la porte derrière lui. Il lui expliqua rapidement la situation et lui demanda un appui pour l'opération de la nuit. Rompu à ce genre de mission et ne cherchant pas à comprendre les tenants et aboutissants, le chef de groupe lui offrit ses services sans rechigner. Ils étaient faits pour ça, ces mecs. Taillés pour l'intervention, le flagrant délit, les interpellations, l'action. L'affaire étant servie sur un plateau, elle ne pouvait pas se refuser.

Retenu par une réunion de travail avec la brigade financière, Vancha allait fermer la porte de son bureau lorsque Tom le héla du bout du couloir.

— Patron ! Je peux vous voir un instant ?
— Je vous en prie, entrez ! Rien de grave ?
— Je viens de recevoir à l'instant une info d'un de mes tontons, une petite équipe va arracher un DAB cette nuit en ville. Je tiens à m'occuper personnellement de l'opération avec mon groupe. J'ai obtenu un appui de la BAC.
— Mais votre info est fiable au moins Mareval ?
— Je ne me démènerai pas si tel n'était pas le cas.
— Bon, très bien, j'appelle Tomasini, vous ne serez pas de trop si ça tourne mal.
— Patron, je ne veux pas que l'opération tombe à l'eau, vous connaissez Tomasini autant que moi.

— Assez Mareval ! Il est flic autant que vous, alors que cela vous plaise ou non, lui et son groupe feront partie de l'opération de ce soir.

— Si l'opération tourne mal, vous en assumerez la responsabilité !

Tom regagna son bureau énervé. Il scruta une dernière fois le plan de la ville. Quatre établissements étaient potentiellement la cible de l'attaque prévue. La configuration restait quasiment identique quel que soit le lieu convoité. Une large avenue droite sans carrefour à proximité immédiate. Il prépara la salle de réunion en attendant l'arrivée des équipages pour le briefing.

Tomasini était injoignable. Un signe du destin, s'était dit Tom. Les membres de son groupe étaient bien présents et sans lui il ne serait pas difficile de leur faire faire du bon travail. Quatre équipages avaient été désignés.

— Bien, j'ai reçu il y a quelques heures maintenant une info chaude. Une équipe va arracher un distributeur cette nuit avec un engin de chantier. Je viens de recevoir l'adresse du garage où est stationné l'engin. Emilien et Jimmy, Fred et Pierrot, vous prendrez le véhicule en filature dès sa sortie et vous nous informerez de la destination. Steph et Lolo vous attendrez ici avec Chloé et moi. La BAC est de la partie en appui.

Les officiers enfilèrent leur gilet pare-balles et vérifièrent qu'une cartouche était chambrée dans leur arme de service. Deux d'entre eux se rendirent à l'armoire forte afin de récupérer un fusil à pompe et un pistolet-mitrailleur automatique de type HK.

Le dispositif se mit en place rapidement. Emilien assurait la liaison radio avec les autres véhicules.

00 h 05

— À tous, le camion quitte le garage, trois hommes à bord.

Un « reçu » se fit entendre à trois reprises dans la radio. La tension grimpa d'un cran. La concentration aussi. Tom avait envisagé un certain nombre de scénarios. Le dénouement était proche. Le troisième homme devait certainement être « le Fada ». Le peu d'éléments ayant pu être recueillis sur l'opération ne rassurait guère Tom. Ils partaient à l'aveuglette sans en avoir le choix. Les qualités de ses personnels feraient le reste. À n'en pas douter.

Vancha avait mis son réveil. La voiture de fonction se gara sur le parking de l'hôtel de police. Il en descendit et se dirigea vers la 308 banalisée de Tom. Celui-ci baissa la vitre.

— Déjà debout patron ?

— Oui, je tenais à être présent, je vous attends ici, ramenez-moi ces crétins ! Bon courage, soyez prudents, je vous prépare un café chaud.

Chloé et Tom remercièrent Vancha à l'unisson, tous deux étonnés par sa venue. Réconfortant et rassurant quelque part.

00 h 17

— A tous, le convoi s'engage avenue Robert Schuman.

— Putain ! Ils vont faire la BNP ! Lolo, on est parti, on prend par la rue Montesquieu, Mimil vous vous posez un peu en amont de l'avenue.

Chloé enclencha la première et démarra sur les chapeaux de roues suivie de près par le second véhicule banalisé. La destination n'était qu'à quelques kilomètres. Le trajet permit à Tom d'avertir le chef de groupe de la BAC. Deux de ses patrouilles faisaient mouvement vers le point de chute des ravisseurs.

Jimmy effectua un créneau entre deux voitures stationnées. L'angle de vue était parfait. Emilien prit soin de relater en temps réel les faits. Trois personnes cagoulées descendirent du camion, l'une d'elles se mit au volant de la mini pelle alors que son collègue descendait les rampes de la remorque. Le troisième compère se tenait à côté du distributeur. Ce dernier, assez corpulent, semblait tenir la tête du trio.

00h21

Les officiers de police en transit arrivèrent sur la zone et se positionnèrent en embuscade à l'opposé de leurs collègues. La mini pelle avança et se retrouva face au distributeur automatique de billets. Faisant preuve d'une grande dextérité, le conducteur de l'engin vint placer la pointe du marteau-piqueur hydraulique, monté en bout de flèche de la mini pelle, sur l'une des deux croix précédemment tracées par le superviseur de l'opération de part et d'autre de l'appareil. À cet instant, les cambrioleurs eurent à l'esprit que le temps était compté. Le fort bruit des coups portés par l'engin contre la façade du bâtiment et les vibrations engendrées allaient éveiller et alerter les alentours rapidement. Le matériel utilisé étant de bonne qualité, la manœuvre ne devait cependant pas prendre trop de temps. Le chef du trio, les yeux rivés sur sa montre, scrutait les alentours.

— À tous de Tom, on attend que le distributeur soit arraché et on les serre.

00 h 24

La mini pelle souffla ses derniers cris en laissant apparaître deux trous d'une trentaine de centimètres chacun. Le conducteur resta à son poste alors qu'un de ses collègues installait une lourde chaîne qui encerclait les deux énormes montants métalliques du distributeur. La chaîne fut reliée à la mini pelle. Le conducteur enclencha la marche arrière et accéléra brusquement. Le pot d'échappement cracha une fumée noire. Le moteur donna tout ce qu'il avait en lui. Dans un vacarme et un nuage de poussière, le distributeur s'extirpa de la façade tel un siège éjectable déclenché. Pendant quelques instants, le temps sembla s'être arrêté. Le nuage de poussière se dissipa progressivement, laissant apparaître clairement la scène. Le distributeur avait embarqué une partie du mur et des débris avaient volé jusqu'au milieu de la route recouvrant, le sol sur plusieurs mètres.

00 h 26

— Top interpel' !

Les quatre véhicules banalisés démarrèrent simultanément tous feux allumés, gyrophare tournant. Dans le même instant, le trio s'aperçut que le piège se refermait sur lui. Tel un étau, les véhicules se rapprochaient de part et d'autre de la chaussée, ne lui laissant que très peu de chance. Très vite, des sirènes se firent entendre au loin, synonymes de renforts policiers en convergence vers le lieu. Les trois hommes se regroupèrent rapidement et se dirigèrent vers la cabine du camion. Tom les vit chercher quelque chose sans pouvoir déterminer clairement de quoi il s'agissait. Emilien et Jimmy furent les premiers sur place, suivis par Fred et Pierrot. Les deux autres binômes ne se trouvaient plus qu'à quelques mètres. Jimmy et Emilien sortirent armes au poing en lançant des injonctions aux trois hommes n'ayant pour réponse qu'une gerbe de balles crachée par un fusil automatique.

— Ils sont armés, tous à couvert !

L'avertissement de Tom n'empêcha pas à Jimmy de recevoir la majeure partie de la première salve de balles, tirée dans sa direction. Il s'écroula à genoux avant de tomber au sol inanimé. Emilien eut le temps de se protéger derrière un banc en béton. Les autres policiers prirent également place de façon à éviter des balles fusant dans tous les sens. La surprise fut telle qu'ils ne mesurèrent pas de suite ce qu'il se passait. Le trio était lourdement armé et faisait usage de gros calibres sans hésitation. Emilien localisa le conducteur de la mini pelle à couvert de celle-ci. Un complice se situait derrière la remorque. Tom aperçut le dernier se cachant au coin des toilettes publiques à l'avant du camion. Les balles sifflèrent de part et d'autre. Les impacts arrosèrent les véhicules faisant éclater les pare-brise et autres vitres en éclat. Les carrosseries se trouèrent dans des bruits de ricochets. Très peu de répit était laissé aux policiers pour extirper leur collègue et riposter. Tom contacta le centre d'information et de commandement de la situation actuelle en demandant également des moyens de secours pour Jimmy. Une silhouette s'écarta des toilettes publiques. Tom retint sa respiration, et appuya progressivement sur la détente de son arme. La balle parcourut la dizaine de mètres tel un éclair et vint foudroyer l'homme qui tomba lourdement à terre sur le dos. Le vacarme de la fusillade cessa soudainement. L'un des deux complices réussit à fuir pendant l'échange nourri de coups de feu. Les patrouilles de la BAC arrivèrent très rapidement, mais l'avance prise ne permit pas une arrestation. Le seul bandit restant jeta son arme au sol et s'allongea. Précautionneusement, les policiers s'avancèrent, braquant toujours l'individu à terre en le sommant d'écarter les bras. L'homme s'exécuta avant de se voir menotter promptement et sans ménagement. Tom se rapprocha de Jimmy, inconscient. Plusieurs impacts avaient transpercé le gilet pare-balles.

00 h 44

Les secours ne mirent pas longtemps à arriver sur place et à s'occuper de lui. Le pronostic vital était engagé. Un médecin du SAMU se rendit à ses côtés afin d'optimiser la prise en charge. Les premiers intervenants, encore choqués par tout ce qu'ils venaient de vivre, attendaient patiemment derrière l'ambulance. Vancha arriva et prit de suite l'attache de Tom pour avoir le détail de l'opération. Il posa sa main sur son épaule en guise de soutien. Une multitude d'autorités allaient débarquer sous peu. Les deux hommes se rendirent près du cadavre à proximité des toilettes publiques. Entouré par des centaines de douilles, Vancha prit la mesure de la violence de la fusillade. Tom posa un genou à terre et retira d'un geste la cagoule de l'assaillant. Il regarda Vancha blême. Interloqués, tous deux se retrouvèrent bouche bée. Une révélation inattendue qui créa un malaise. Sous cette cagoule, se dissimulait en fait un visage familier. Mais comment était-il arrivé ici ? Le visage bouffi de Tomasini, les yeux ouverts, mort sur ce trottoir, resterait à jamais incrusté dans la mémoire de Tom. Une chape de plomb venait de s'abattre sur les deux officiers. La nouvelle se répandit telle une trainée de poudre sur la zone qui venait d'être bouclée par les renforts. Sur les visages, la même consternation pouvait se lire. En quelques heures le SRPJ venait de connaître un tournant sans précédent. Un officier, chef de groupe, avait franchi la ligne et venait de faire feu sur ses collègues. Il en avait blessé un gravement avant de se faire abattre par un analogue.

Le procureur prit la décision de dessaisir le groupe 2 de cette affaire dès son arrivée sur place. Vancha en informa son chef de groupe qui ne partageait pas la décision. Il en était ainsi, restait à s'y plier sans discuter.

— Allez au chevet de Miraux, il a besoin de vous Mareval, prenez ma voiture, récupérez vos collègues, et suivez l'ambulance. Je m'occupe des collègues de Tomasini.
— Bien patron.

Tom, Chloé et Emilien passèrent sous le ruban jaune délimitant la scène. Tom se retourna une dernière fois avant de la quitter définitivement. De gros projecteurs inondaient la zone d'une lumière jaunâtre. Une tonnelle venait d'être montée à la hâte suite à une pluie naissante. Il fallait à tout prix limiter la perte de traces ou d'indices. L'identité judiciaire s'affairait à établir les premières constatations. Le cadavre de Tomasini n'avait pas encore été enlevé. Les enquêteurs fourmillaient à ses côtés et sur la zone. Les carcasses des quatre véhicules banalisés, vitres brisées, criblées de balles, étaient rendus à l'état d'épave. Le trou béant dans la façade de la banque, les débris au sol, le nombre de douilles… Une scène similaire à une guérilla urbaine se dressait sous ses yeux. Eux trois avaient la vie sauve, par miracle peut-être. Une nouvelle étape qui resserrerait davantage les liens du groupe 2.

Chloé prit Tom par le bras puis l'incita à avancer. L'ambulance venait de prendre la direction de l'hôpital, suivie par le véhicule blanc du médecin. On pouvait distinguer, par-dessus les brise-vues des portes arrière, les visages inquiets de l'équipe médicale affairée à stabiliser Jimmy.

Les roulettes du brancard eurent à peine le temps de toucher le sol du hall du service des urgences que déjà un essaim d'hommes en blanc prenait le relai de leurs confrères. De loin, Tom distingua un tuyau sortir de la bouche de son ami, couvert jusqu'au cou. Perfusions, moniteur, oxygène, la petite armée déployée mettait tout en œuvre pour que le matériel suive parfaitement le patient lors de son cheminement à travers les couloirs éclairés. Il fut installé dans une salle dont la porte automatique se ferma après le passage du dernier soignant. L'infirmière d'accueil, compatissante, invita les trois officiers à prendre place dans la salle d'attente. Quelques mètres carrés où se mélangeaient tristesse et pauvreté. Un jeune couple tentait d'apaiser un nourrisson dans son landau. Un homme tenait comme il pouvait, assis sur une chaise. Il était appuyé contre le mur, vraisemblablement éméché, la main en sang, emballé dans un chiffon si sale qu'il devait servir à faire de la mécanique. Il dégageait une odeur pestilentielle qui remplissait la pièce et prenait au nez. Une femme âgée gisait sur un lit dans le couloir devant la porte d'entrée. Elle gémissait à chaque fois qu'un personnel en blouse blanche s'approchait d'elle et recevait en échange la même réponse de chacun « *Calmez-vous madame, le docteur va arriver, il y a beaucoup de travail ce soir* ».

Le temps semblait s'être arrêté. La trotteuse de l'horloge située face à Tom peinait à effectuer un tour complet. L'attente, la patience, seule chose à faire en pareille circonstance. Tom et Emilien tournaient tels des lions en cage. Chloé revint de la machine à café avec trois gobelets fumants. Ils s'assirent un instant, avalèrent les quelques gorgées de ce liquide chaud mais infâme, distribué par ces appareils publics. Le grincement provoqué par la porte automatique au bout du couloir fit se lever d'un seul homme les trois amis. Un médecin entra dans la salle d'attente. Il posa un regard lourd sur les policiers qui comprirent que le sort était scellé. Chloé fondit en larmes dans les bras de Tom. Emilien fit face au mur et posa sa tête contre celui-ci en fermant les yeux. Il ne fallut que quelques secondes pour que des sanglots apparaissent également.

— Je suis désolé, nous avons tout tenté, mais ses blessures étaient telles que nous n'avons pas réussi à le maintenir en vie. Accordez-nous quelques minutes et vous pourrez le voir ensuite.

Il était là. Allongé sur ce lit froid, recouvert d'un drap blanc. Les bras croisés sur l'abdomen. Les yeux tenus fermés avec du sparadrap. Le visage crispé, laissant supposer une fin douloureuse. La salle comportait encore quelques traces de la lutte acharnée que l'équipe médicale avait menée pour le sortir de ce destin. Les poubelles débordaient de matériel souillé par le sang. Le calme et le silence étaient revenus. L'heure du recueillement avait sonné. Les trois amis se rapprochèrent et prirent place autour de lui. Vancha arriva à son tour, la mine grave, suivi de près par une jeune fille groggy. Les yeux gonflés, elle s'effondra sur le corps inerte de son petit ami. Un long travail de deuil venait de débuter.

Vancha arriva tôt à son bureau le lendemain. Quelques heures passées sur le fauteuil de son salon n'avaient pas effacé les traces de cette éprouvante nuit. Il passa le porche de l'hôtel de Police et ne put s'empêcher de remarquer immédiatement le drapeau tricolore orné d'un ruban noir en signe de deuil. Les prochains jours n'allaient pas se révéler simples, mais cela faisait partie du métier. Il en avait pleinement conscience. Il entra dans son bureau et posa sa mallette contre le mur. À peine avait-il eu le temps de retirer sa veste qu'il entendit quelqu'un frapper à sa porte.

— Entrez Mareval. J'avais donné à vos hommes pour consigne de rester chez eux non ?
— Je ne fais qu'un passage avant d'aller au funérarium. On a des nouvelles de celui qui a pris la fuite pendant la fusillade ?
— Non pas encore, et puis n'oubliez pas que vous êtes dessaisi, Mareval. Vous comprenez ce que cela veut dire ? Vous laissez tomber, vous vous occupez de vos hommes, vous n'avez plus à mettre le nez dans cette enquête.
— Ça c'est sur le papier patron.
— Ce n'est pas que sur le papier, je comprends que vous puissiez être atteint par l'affaire et que vous portiez une attention particulière à son auteur. Mais croyez-moi, c'est mieux ainsi. D'autre part, je vais faire en sorte de bénéficier de deux nouveaux agents, le travail s'accumule.
— Hors de question, nous ne sommes pas prêts à avoir un nouveau collègue. Nous tournerons à trois ça ira très bien. Jimmy ne sera pas remplacé. Demandez-en un pour remplacer la crevure, nommez Pierrot à la tête du groupe 3 et basta.

La conversation se termina sur ces mots. Tom quitta le bureau. Vancha, en bonne intelligence, comprenait parfaitement la réaction de son subalterne. Il avait d'ailleurs envisagé cette éventualité avant même qu'elle ne lui soit proposée. Il gérerait cela ultérieurement. Pour le moment, il devait répondre aux sollicitations de la hiérarchie et préparer les obsèques publiques de Jimmy.

Le cœur lourd après une journée passée à veiller le regretté, Chloé invita Tom pour dîner. Bien grand mot. L'estomac noué, il s'agissait en fait de ne pas se retrouver face à ses démons, seule dans son appartement, le soir venu. Fatiguée, elle enleva ses chaussures sans prendre la peine de défaire les lacets et se dirigea vers la salle de bain. Tom prit soin de rassembler la paire errante dans le couloir et la posa à côté de la sienne sur le paillasson.

— Je me douche en vitesse j'arrive, fais comme chez toi.

Il alluma la télévision. La chaîne d'information diffusait en continu les images de la fusillade. Il saisit immédiatement la télécommande afin de trouver un autre programme. Il n'avait aucune envie de voir le bandeau défilant en bas de l'écran montrant le nom de Jimmy toutes les minutes. Un divertissement ferait l'affaire. Il prépara un plateau supportant deux verres de vin qu'il déposa sur la table basse. Chloé ressortit de la salle de bain, emmitouflée dans son peignoir blanc, les cheveux encore mouillés. Elle s'installa aux côtés de Tom, replia ses genoux contre sa poitrine et se pencha sur la large épaule masculine. Un moment de réconfort nécessaire pour panser des plaies qui resteraient malgré tout ouvertes pendant de nombreuses années.

Les yeux de Tom s'ouvrirent, éblouis par des flashs lumineux. La tête embrumée, sans notion de temps ni de lieux, le bras droit endolori, parsemé de fourmillements. Il reprit vite ses esprits et le fil de la soirée se retraça en un éclair. Chloé était endormie profondément à ses côtés. La fatigue et la bouteille de Bordeaux avaient eu raison d'eux assez tôt. Il glissa lentement du canapé, appuya sur le bouton « veille » de la télécommande, borda la jolie blonde et quitta l'appartement sur la pointe des pieds. Sans envie de rentrer chez lui, il se rendit au service.

Il passa devant le bureau de Tomasini. Sur la porte, il aperçut le scellé en interdisant l'accès le temps de l'enquête. La vie au service n'allait pas être rose ces prochains temps. L'ensemble des flics allait être entendu, obligatoirement. Il faudrait bien déterminer si ce gros Tom' était seul en cause ou s'il avait embarqué du monde dans sa chute et pourquoi il en était arrivé à ce stade. Mareval avait son idée sur la question. Il se posa sur son siège, déverrouilla la gâchette latérale et se bascula en arrière. Les mêmes images revenaient inlassablement. Un sentiment d'impuissance s'empara de lui. Un soupçon de culpabilité l'habitait. Peut-être aurait-il pu éviter tout cela ? Il savait pourtant au fond de lui que tout ce qu'il avait entrepris sur cette affaire était juste. Restait le temps de la digestion, et du deuil. Les prochains jours allaient être particulièrement riches en émotions. Les honneurs funèbres de Jimmy allaient avoir lieu dans la cour même de l'hôtel de police, présidés par le ministre de l'intérieur.

Tom reçut un message de sympathie de Laura. Elle avait vu les reportages télévisuels sur le drame et n'avait pu s'empêcher de penser à lui et de lui proposer son soutien en cas de besoin. Surpris, il prit soin de lui répondre par politesse en la remerciant pour le geste et en tentant de la rassurer sur son état général.

*

La barrière du porche était restée fermée toute la matinée. Gardée par un policier en faction, il interdisait l'accès et conseillait les usagers pour trouver une place où stationner. Le grand parking de l'Hôtel de police était vide. Une poignée de fonctionnaires se hâtait à faire disparaître tout ce qui faisait tâche. Scooters amochés, poubelles débordantes, les différentes besognes reportées quotidiennement au lendemain grâce à certaines excuses toujours plus farfelues, étaient finalement réalisées en un temps record ce matin, comme quoi…
Les chiens du déminage étaient en train d'explorer les derniers recoins de la zone dans le but de sécuriser la venue ministérielle.

La place, vide quelques heures auparavant, s'était remplie à vue d'œil. L'effectif de l'hôtel de police était présent au complet. Des collègues des secteurs avoisinants, des représentants de la gendarmerie, des autorités, des amis, tous étaient venus rendre un dernier hommage au courageux. Le tout était orchestré par le directeur départemental de la sécurité publique, en personne. Une note de service rapidement éditée et ventilée à l'ensemble des personnels lui avait facilité le travail le jour donné. Disciplinés, les agents s'étaient regroupés, comme précisé, par service, sur trois rangs. L'ensemble du rassemblement devait former un U face au mât des couleurs. Parfaitement alignés, ils se tenaient debout, soudés, face à la tristesse et au désarroi. Le groupe de Mareval avait été autorisé à rejoindre la famille, au plus près de leur ami. Le cercueil se trouvait là, sur deux tréteaux, recouvert par un drapeau bleu blanc rouge. Sur celui-ci, le portrait de Jimmy, sous verre, regardait l'assistance venue en nombre. Les autorités se succédèrent pour les allocutions, ministre de l'intérieur, préfet, directeur de la police. Des décorations furent remises à titre posthume. Tom bouillonnait en lui-même, ces politiques n'étaient pas foutus de récompenser les policiers de leur vivant. La même réponse revenait quasiment à chaque demande : *nous vous payons chaque mois pour cela*. Désolant. Les hoquets de pleurs se faisaient entendre dans le public. C'était un moment émotionnellement fort qu'ils venaient de vivre là. Moment qui les marquerait tous à vie, sans aucun doute possible. La cérémonie se termina après deux heures passées au vent et sous des averses périodiques. Les fonctionnaires regagnèrent leur service respectif, trempés. La famille et les amis proches se recueillirent une dernière fois au cimetière avant que le cercueil ne disparaisse à jamais de leurs regards.

Le groupe 2 reprit du service quelques jours après. Ne supportant pas de rester à leur domicile, Tom, Chloé et Emilien s'étaient retrouvés au bureau bien avant la fin de leurs congés imposés par Vancha. *De vraies têtes dures !* s'était-il dit en les voyant ce matin-là. Qu'importe, si cela les aidait dans leur peine, pourquoi pas. Vancha avait en tête l'état d'esprit du groupe et il ne mit pas longtemps à s'apercevoir qu'il ne s'était pas trompé. À peine installé derrière son bureau, les trois flics se présentèrent dans l'encadrement de porte. Il les pria d'entrer.

— Patron, nous venons aux nouvelles de l'enquête. Nous souhaiterions, malgré notre dessaisissement, être informés dès qu'un élément nouveau sera mis au jour.
— Je me doute Mareval, je ferai mon maximum pour vous fournir les informations. J'ai quelques connaissances bien placées qui devraient être utiles. Pour le moment, les investigations sur Tomasini sont en cours. La perquisition de son bureau n'a rien donné, celle de son domicile non plus. Par contre les relevés de compte montrent des difficultés profondes. Ils s'orienteraient vers des dettes de jeu. Le premier complice est derrière les barreaux et il ne s'est pas mis à table. Le deuxième est toujours en cavale. L'identité judiciaire n'a pas récolté grand-chose dans le camion et sur la scène. Ils sont pessimistes.
— Je suppose que vous ne nous laisserez pas approcher le détenu pour lui parler un peu ?
— Vous supposez bien, Mareval. Ne faites pas les cons sur cette affaire. Il y a du gratin, c'est médiatisé, c'est politisé, méfiance. L'inspection générale est sur les dents, c'est le bordel. Laissez-les faire leur boulot.
— Bien, je comprends.

Vancha remercia ses subordonnés et referma la porte derrière eux. Ils partirent se réunir dans le bureau de Tom.

— Que fait-on maintenant ? On laisse faire sans rien dire ?

— Du calme Chloé, le patron n'a pas totalement tort. Nous allons reprendre le travail, sans pour autant oublier cette affaire puisqu'il nous tiendra informé.
— C'est toi le chef, c'est comme tu veux.
— Écoute, nous sommes tous ébranlés par cette histoire et je doute que nous ayons le recul nécessaire pour éviter la bavure, nous obéirons sans discuter aux ordres de Vancha.

Chloé quitta précipitamment la pièce en pleurs. Tom fit un signe de la tête à Emilien l'incitant à aller lui parler. Il était hors de question que le groupe si soudé montre une quelconque faille en pareil moment. Cette histoire ne devait pas non plus le disloquer, au contraire, Tom tiendrait sa position et assumerait ses choix.

*

Le travail reprenait doucement au groupe 2. Quelques banales affaires, triées sur le volet par le patron, permettaient d'occuper les esprits et de les ramener au quotidien. Vancha reçut un appel lourd de sens. Il attendit que l'équipe soit au complet et la convoqua dans son bureau. Lorsque Tom entendit de loin la conversation téléphonique qui venait de se tenir, il devina sans difficulté quel en était le sujet. À l'écoute de son nom crié par le patron, il n'eut plus de doute. Il fit un signe de main par la baie de son bureau, invitant Chloé et Emilien à le rejoindre.

— Bien, il y a du nouveau sur l'enquête Miraux. Plusieurs choses même. Je n'ai pas de bonnes nouvelles à vous annoncer. Les investigations n'ont pas permis d'établir de lien entre les trois protagonistes. Pas de contact téléphonique, aucun bornage précis, les relevés effectués sur la scène n'ont rien donné, il n'y a rien. Prévisible lorsqu'à la tête du trio on retrouve un flic de PJ.

— Donc, si je comprends, bien notre seule perspective est le détenu ? Il n'y a plus que lui qui pourrait cracher le morceau ?

— Il n'y avait, Mareval. Le procureur vient de m'informer qu'il s'est pendu cette nuit dans sa cellule. Les chances pour que l'enquête aboutisse sont faibles.

La foudre venait de s'abattre sur les trois officiers. La seule piste concrète permettant de remonter jusqu'à l'assassin de leur ami venait de disparaître, et d'emporter avec elle leurs espoirs, accentuant ainsi le chagrin, l'incompréhension et la soif de vengeance.

Dans l'impasse

Que c'est une belle saison l'été. Un goût de vacances flotte dans l'air pendant quelques mois, la population est détendue, agréable et souriante. Les enfants jouent dehors, les longues soirées chaudes leurs permettent même de terminer une partie de football après le repas. Tenues décontractées, boissons rafraîchissantes, un programme rêvé que l'on peine à quitter. La nuit tombée, les fenêtres s'ouvrent afin de laisser entrer l'air frais, surtout lorsqu'on s'apprête à dormir dans un appartement sous combles. Dormir étant un grand mot… Le choix se porte en fait sur deux options : soit le peu d'air extérieur couplé au bruit de la circulation discontinue de la nuit, soit le ronflement de l'hélice du ventilateur en rotation maximale afin de ne pas étouffer. Ce soir-là, il avait opté pour le flot de véhicules certainement moins pire que ce foutu raffut électrique. Si à cela vient s'ajouter un téléphone qui sonne au loin dans la salle à manger, le cocktail détonnant est réuni pour que le malheureux propriétaire devant se lever pour répondre ne soit pas des plus aimables face à son interlocuteur.

— Capitaine Mareval j'écoute.
— Bonsoir mon capitaine, brigadier-chef Débonnet, chef de quart. Un de mes équipages demande votre intervention rue des Marquis pour une découverte de cadavre.
— J'arrive.

Encore endormi, Tom chercha le numéro d'Emilien dans son répertoire et le composa. Somnolant, ce dernier n'avait pas mis longtemps à faire le lien. Sonnerie de téléphone, nuit, il était sans doute possible question d'un macchabée.

— Rue des Marquis Mimil', une découverte de cadavre. Je passe récupérer Chloé qui n'a pas de voiture et on se rejoint sur place.
— À tout de suite.

Tom saisit son bermuda sur le dos de la chaise de la salle à manger et enfila sa chemisette en se dirigeant vers la chambre. Une demoiselle vêtue d'un tee-shirt noir un peu trop long avec l'inscription « police » dans le dos en guise de chemise de nuit se levait.

— Ce n'est pas loin du centre-ville ça non ?
— Oui, de mémoire, tu as raison. Emilien nous rejoint sur les lieux. On prend ma voiture, la tienne est en panne, ironisa Tom.

Le clin d'œil qu'il eut en réponse avait fait rire le couple. Chloé passa rapidement par la salle de bain, puis ils quittèrent l'appartement.

Emilien arriva le premier. Il gara son véhicule tant bien que mal dans cette petite rue à sens unique. Au loin, il aperçut un camion collectant les ordures ménagères arrêté. Les primo intervenants avaient pris soin d'effectuer le gel des lieux et d'établir un périmètre de sécurité. À quelques mètres de là, un des ripeurs était assis sur un banc, la tête entre les mains, pâle. Le chef de patrouille alla accueillir l'officier de police judiciaire.

— Bonjour mon lieutenant, c'est ce monsieur qui a trouvé le corps, il est un peu sous le choc, mais vous pouvez lui parler.

Emilien s'approcha du banc. L'homme redressa la tête. Le chef de patrouille fit de rapides présentations et invita l'employé à expliquer la désagréable découverte.

— Bin comme j'ai raconté aux autres flics déjà, on est arrivé avec le camion pour faire la rue vers 04 h 30. Mon collègue ramène les conteneurs et moi je les ouvre et les accroche pour les benner. En face du 28, je lui ai donné un coup de main parce qu'elle était trop lourde, y'a une roulette qui était pétée en plus, pis, quand j'ai soulevé le couvercle, une puanteur ! Et c'est là que j'ai vu le mec dedans. Alors j'ai dit tout de suite à mon collègue de rien toucher et pis on vous a appelés. Vous savez j'ai dix-sept ans d'ordures ménagères, j'en ai vu des trucs dégueulasses, des animaux crevés, de la barbaque de boucherie avariée, mais c'est la première fois que je tombe sur un cadavre. Fout les jetons quand même hein !

Chloé et Tom arrivèrent à la fin de la narration. Le contexte leur fit comprendre la situation en peu de temps. Ils laissèrent Emilien dialoguer avec l'employé et se dirigèrent vers le conteneur. Ce dernier faisait environ un mètre cinquante de long pour quatre-vingts centimètres de large. Couvercle rabattu, il ne paraissait pas plus suspect que ses semblables. Les deux OPJ s'approchèrent et Chloé releva l'abattant d'un geste franc. Une odeur nauséabonde se dégagea faisant reculer, par dégoût, les deux têtes penchées au-dessus de réceptacle.

— Bouh, pas très joli ! commenta Chloé.
— C'est le moins que l'on puisse dire.

La scène qui s'offrait à eux n'était pas belle à voir. Malgré le peu de lumière fournie par l'éclairage public, l'ombre visible s'apparentait facilement à un être humain. Le corps se trouvait là, à moitié enseveli par des immondices en début de décomposition. Face vers le ciel, les yeux grands ouverts, Chloé n'avait pu éviter ce regard vide, dénué d'émotion, absent. Les mains présentaient des griffures profondes, de la chair manquait. Il s'agissait certainement du fruit de quelques animaux fouinant les détritus. Répugnant. La cause du décès n'était pas identifiable en l'état. L'autopsie éclaircirait tout ceci d'ici quelques jours. L'identité judiciaire se faisait attendre. Il fallait immortaliser la découverte pour pouvoir enlever le corps. Le fond du conteneur cachait peut-être un élément important. Mareval en doutait mais la vérification était indispensable.

Tom ordonna le retour au service. À cette heure, l'enquête de voisinage n'aurait pas été très constructive. La rue était très calme, l'ensemble des appartements à proximité étaient plongés dans l'obscurité, la reporter de quelques heures ne bouleverserait pas le cours de l'enquête. Un passage par une boulangerie agrémenterait le petit-déjeuner de l'équipe et c'était Emilien qui s'était proposé pour s'y coller, à la grande satisfaction de ses collègues.

Le service était quasi désert en cette fin de nuit. La machine à boissons n'avait pas encore débuté son dur labeur. La consommation excessive et incessante de caféine dans une journée n'était pas une légende urbaine. Elle pouvait en témoigner vu son état. Les mange-debout étincelaient encore depuis le passage de la femme d'entretien. Il fallait en profiter, cela n'allait plus être longtemps le cas. Le « m'en foutisme » de certains faisait peine à voir. La vie en collectivité n'était résolument pas à la portée de tout le monde, au grand regret des civilisés. Tom inséra son badge dans le distributeur et invita sa petite troupe à se servir. Son téléphone se mit à vibrer au fond de sa poche. Un nouveau message venait d'être reçu :

— Merci d'être venu hier soir et de m'avoir veillée cette nuit…
— *Avec plaisir, ça va mieux ?*
— Un peu oui, toujours ce fond migraineux, mais pas aussi fort qu'hier, je n'aime pas être seule quand je suis malade.
— *Je sais.*
— On a failli se faire remarquer sur ce coup-ci.
— *Plutôt bien géré, non ?*
— Au top mon Tom !
— *Rejoins-nous à la machine, Mimil' commence à me regarder de travers parce que je suis sur mon portable alors qu'il me raconte ses misères…*

*

La ville se réveillait au fil des minutes. Chloé et Emilien avaient à nouveau emprunté la direction de la rue des Marquis. À l'approche du numéro 28, la vie avait repris son court. Aucun élément ne permettait à quiconque de savoir que quelques heures auparavant, les yeux étaient rivés sur un cadavre. Les deux officiers entrèrent dans le hall. La lumière du couloir s'alluma dès que Chloé posa un pied sur le sol. L'endroit était propre et accueillant. Une odeur de fraîcheur, dégagée par un parfum d'ambiance, prenait légèrement au nez. Le petit immeuble venait d'être achevé voilà quelques mois. L'escalier desservait deux appartements par niveau. Les deux flics décidèrent de commencer par le haut. Vu le silence observable pendant l'ascension pédestre, soit l'isolation était efficace, soit le bâtiment était endormi ou très peu habité. Chloé sonna à la porte de droite pendant que son collègue s'essayait à celle en vis-à-vis.

*

Tom était resté au service. Il avait contacté l'institut médico-légal afin de connaître la date de l'autopsie de l'inconnu. Celle-ci était programmée au lendemain matin. Pas très fan de cette discipline, il angoissait déjà à l'idée de devoir y assister. Faisant partie intégrale de son métier, il ne pouvait déroger à cette obligation. Vancha vint s'assoir un instant face à lui.

— Alors Mareval, racontez-moi un peu votre réveil.
— Lors de la collecte des déchets ménagers un éboueur ouvre le couvercle d'un container et se retrouve nez à nez avec un cadavre. L'état du corps laisse supposer qu'il n'est pas mort le matin même. Aucun document administratif, l'identité n'est pour l'heure pas connue. Nous avons très peu d'éléments pour le moment, patron, Marchewski et Fadelo sont en enquête de voisinage, j'ai un doute sur le résultat. Le quartier est paisible, quelqu'un a dû déposer le corps.
— Aucune disparition signalée pour l'heure ?
— Pas à ma connaissance non.
— Restons confiants ! Courage Mareval, vous faites du beau boulot au groupe 2. Vous avez repris du poil de la bête même si je sais que votre ami vous manque. Il manque à tous ici. Continuez ainsi.
— Merci patron, rien de nouveau sur ce dossier ?
— Non, la cellule en charge de l'enquête est encore active mais les pistes pour retrouver le meurtrier n'ont rien donné. Ils commencent à diminuer les effectifs d'enquêteurs. C'était prévisible mais ça fait mal de savoir qu'un tueur de flic est en liberté.

— Un de mes indics avait eu vent de cette opération. Il y avait eu des fuites du côté du complice qui s'est suicidé en détention.
— Oui, je suis au courant pour votre indic, que croyez-vous Mareval ! Je vous avais laissé carte blanche sur cette affaire sans vous le dire clairement. J'étais néanmoins à mille lieux de penser que Tomasini était de la partie. Bref, je me sauve, j'ai une réunion en préfecture.

Vancha quitta le bureau laissant Tom seul. Il resta un instant plongé dans ses pensées au fond de son siège et regarda le cadre posé à côté de son écran d'ordinateur. La photo sous-verre immortalisait la fin d'un repas amical entre les membres du groupe 2. Chloé, habillée en fille, assez rare pour que cela soit soulevé, Emilien, casquette vissée sur la tête avec un verre à la main, à côté de Tom et allongé devant eux, Jimmy, leur regretté ami et collègue.

Emilien et Chloé étaient de retour. Bredouille ou presque.

— Nous avons frappé à trente-sept portes, lança Chloé.
— Ah… et vu ton expression faciale je présume que …
— Que nous avons eu le droit à des réprimandes, vu l'heure à laquelle nous osions sonner, que personne n'a rien vu ni rien entendu comme d'habitude, etc, etc! renchérit-elle. Nous avons tout de même pu identifier le propriétaire du container qui nous confirme que la veille au soir il a sorti son sac vers 22 h 00 et qu'il n'a rien vu de suspect à l'intérieur.
— Emilien, prend contact avec la mairie afin de savoir si la rue est sous vidéo surveillance, on ne sait jamais. Nous en saurons plus demain certainement. À ce sujet…

Chloé le coupa :

— Oui je viendrai avec toi mon garçon, ne t'inquiète pas, tata Chloé t'accompagnera et te tiendra la main tout le long afin que tu n'aies pas peur.

Tom fit un mouvement de moue avec son nez en réponse au sourire amusé de la jolie blonde. Rassuré par cet élan, il savait qu'il aurait un appui fiable pour ce moment particulier. Quel sacré bout de femme cette fille ! Toujours le mot qu'il faut, quand il faut, comme il faut. Il était difficile de s'en passer à ses yeux. Il profita de ce moment pour inviter ses deux amis à déjeuner.

*

L'estomac noué et les intestins tiraillés, Mareval se leva du mauvais pied. Il lorgna le bol de café qu'il s'était préparé sans même y tremper les lèvres. Foutue autopsie ! L'art de le mettre à l'envers en peu de temps. Il passa chercher Chloé au bas de son immeuble et ils filèrent vers l'institut médico-légal. Elle lui tendit une barre de céréales pendant le trajet.

— Je suppose que tu n'as rien avalé ce matin, si tu ne manges pas un bout tu ne tiendras pas longtemps très cher.

À la fois agacé mais persuadé de cette réalité il accepta l'offre sans piper mot et engloutit la barre chocolatée en deux bouchées. À peine avait-il fini, qu'une brique de jus d'orange lui était tendue, paille en avant, prête à être utilisée.

— Voilà la suite !
— Mais tu es incroyable toi ! Tu penses toujours à tout ! Tu vas me sortir quoi après ça ? Une baguette et de la confiture ?

— Oh mais si tu le prends ainsi je remballe et tu te débrouilles ! Je te préviens juste Tom, si tu me refais la même chose que la dernière fois, ça va râler deux minutes !
— Ne t'énerve pas, je ne disais pas cela méchamment. Je suis reconnaissant de ce que tu fais pour moi et t'en remercie. Voilà !

Elle lui tira la langue et lui lança un regard acéré puis tourna la tête vers la vitre afin de dissimuler son sourire réjoui qu'il finit tout de même par deviner.

Tom poussa la porte de l'institut en laissant entrer sa collègue. Depuis le hall, une odeur caractéristique se faisait sentir, plongeant les deux flics dans l'ambiance. Un écriteau posé à côté du bureau de la secrétaire indiquait la direction à prendre pour les différents lieux. "Salles d'autopsies - RDC / Administration - 1er étage". Souriante, la personne chargée d'accueil reconnut les policiers. Une dame assez âgée qui regardait ses interlocuteurs au-dessus de ses lunettes en penchant légèrement la tête en avant. Présente depuis l'ouverture de l'institut, elle en était sa mémoire vive.

— Le docteur Jarto vous attend en salle 1, capitaine Mareval.
— Merci madame, au fond du couloir à gauche ? questionna-t-il.
— C'est bien cela monsieur.

Les deux officiers empruntèrent le couloir faiblement éclairé. Quelques néons accrochés au mur, dont la plupart clignotaient, renforçaient la vétusté de l'édifice. Le cœur de Tom commençait à s'emballer légèrement alors qu'ils se trouvaient face à la porte de la salle. Il sentit la main de Chloé se poser au bas de son dos, en signe d'apaisement.

— Entrez, je vous prie, je ne vais pas vous manger !
— Humour de légiste, murmura Tom à l'oreille de sa partenaire.

Le corps nu et tuméfié reposait sur la table froide en acier. Malgré la lumière du jour, le visage restait méconnaissable et laissait apparaître de vilaines blessures laissant présumer une violence conséquente. Le médecin mit une paire de lunettes, enfila ses gants et approcha une servante à roulette de la table. Il saisit un mètre déroulant.

— Vous l'estimez à combien capitaine ?

Sans même répondre, Mareval lâcha un léger soupire.

— Oh ne vous braquez pas, je taquine. Vous êtes en charmante compagnie aujourd'hui, j'en profite un peu... Un mètre quatre-vingt-trois, quatre-vingts kilos huit cent vingt-cinq, beau gabarit !

Le légiste reporta les mesures sur le dossier puis se saisit d'un appareil photo et mitrailla le corps sous tous les angles pendant une quinzaine de minutes. Plusieurs traumatismes similaires à des coups étaient visibles sur les flancs et membres inférieurs. Il s'approcha de la servante et ouvrit un emballage. Le cœur de Tom prit quelques tours de plus et les premiers frissons se firent sentir dans son dos. Le docteur enfonça la lame du scalpel dans le thorax du corps inerte, appuya fermement et parcourut le tronc jusqu'au bas de l'abdomen. Méthodiquement, les organes furent enlevés les uns après les autres, inspectés, pesés, puis reposés à l'intérieur de la cage thoracique. Des prélèvements et des examens radiologiques furent effectués par le médecin, allant de la table au bureau afin de compléter le rapport au fil du temps. L'autopsie ne prit fin que peu de temps avant le déjeuner, après trois heures quarante-cinq de supplice pour Tom.

— Voilà ! Pour moi, j'en ai terminé avec l'examen post mortem. Le temps que les résultats des différents prélèvements me reviennent et je vous transmettrai mon rapport complet. L'origine probable de la mort de votre homme est un des coups portés à la tête. L'un d'eux lui a brisé les cervicales. Les griffures présentent sur les mains sont l'œuvre d'un chat, mais il était déjà décédé.

— Merci docteur, j'espère que l'on pourra déterminer son identité dans les prochaines heures.

— Je l'espère aussi. Je vais m'affairer à remettre les organes à leur place et à le refermer.

Tom reçut un appel téléphonique qui l'obligea à sortir de la salle. Il fit signe à Chloé qu'il allait l'attendre dans la voiture. Elle le rejoignit quelques minutes après et il démarra le véhicule de service.

— Bonne chose de faite !

— Abimé quand même… Ils se sont acharnés sur lui !

— Oui, plutôt moche.

— Le doc' m'a parlée quand tu es sorti.

— Qu'a-t-il dit ?

— Il m'a invitée à prendre un verre. J'étais à la fois surprise et gênée.

— Et ?

— Et quoi ?

— Tu comptes y aller ?

— Je ne sais pas.

Un silence s'installa dans l'habitacle jusqu'à l'arrivée du véhicule à l'hôtel de Police. Les deux collègues gagnèrent le service et narrèrent leur matinée à Emilien. De son côté, ce dernier avait pris contact avec la mairie qui affirmait que la rue n'était pas sous vidéo-surveillance. Tom effaça le tableau de la salle de réunion et y inscrivit les quelques éléments connus à ce jour. Maigre pour le moment, s'était-il dit. Les hypothèses fusèrent au fil de la réflexion collégiale et furent notées dans un coin. Vancha passa un court instant assister à la discussion puis repartit aussi sec sans piper mot.

Tom tuait le temps comme il le pouvait, en consultant inlassablement sa boîte aux lettres électronique. Ce n'est que vers 17 h 30 que la nouvelle arriva enfin. Tom lança l'impression, se leva rapidement de son siège, attrapa le papier encore chaud à peine éjecté puis héla ses collègues.

— On a une identité ! Les résultats du labo sont de retour ainsi que le rapport d'autopsie. L'ADN correspond à Mattéo Azirento...
— Azirento ? Notre Azirento ?
— De quoi parles-tu Chloé ?
— Mattéo, c'est le jeune dealer de la gare que j'ai interpellé l'an passé ! Je n'ai pas reconnu son faciès vu l'état mais, la taille et le gabarit correspondent.
— Parfait, ressors la procédure si tu veux bien. A priori, il ne doit manquer à personne puisque sa disparition n'a pas encore été signalée.
— Et l'autopsie ?
— Le docteur Jarto conclut à un homicide, je cite ; "L'individu s'est vu asséner des coups violents à la tête avec un objet contendant cylindrique qui ont occasionné des contusions de quatrième degré, plusieurs fractures du crâne ainsi qu'une fracture des vertèbres cervicales entraînant une lésion importante de la moelle épinière et le décès."
— Quelqu'un devait lui en vouloir pour s'acharner ainsi...

— Pas de conclusion hâtive. On va creuser pour sortir tout ce qu'on a de plus récent sur lui. Il y a du boulot pour les prochains jours, soyez en forme !

L'équipe se dispersa. Chloé prit place derrière son écran et fouina dans les différents fichiers pour retrouver les traces de la procédure. La chaleur que son bureau avait emmagasiné la journée était encore bien présente. Elle mit en fonction le ventilateur afin de rafraîchir l'atmosphère. Les recherches aboutirent au bout de quelques dizaines de minutes. Elle imprima les documents et se rendit dans le bureau de Tom.

— J'ai pas mal de choses intéressantes !
— Je t'écoute, raconte.
— Mattéo Azirento, 28 ans, connu et arrêté pour plusieurs faits. Le palmarès débute avec des vols, vols avec violence puis se poursuit avec consommation, détention et enfin revente de produits stupéfiants. J'ai trouvé sa dernière adresse connue, c'est en ville.
— Très bien, en route.

Le binôme embarqua à bord d'un véhicule banalisé alors qu'Emilien restait au service afin de poursuivre les requêtes. En cette fin de journée, le trafic était dense et le trajet se fit non sans peine. Chloé désirait revenir sur la discussion qu'elle avait eue avec Tom concernant le docteur Jarto. D'une part, la relation qu'elle entretenait avec son ami était confortable. Le lien était fort, ils se comprenaient, se soutenaient et par-dessus tout, se connaissaient parfaitement. D'autre part, elle avait une certaine inquiétude quant à l'évolution de cette situation. Pourraient-ils s'engager davantage ? Le désiraient-ils ? Et si le fait de dévoiler ses appréhensions dégradait leur relation ? Tout étant encore brouillé dans son esprit, elle préféra reporter la discussion et monta le son de l'auto radio qui diffusait sa chanson favorite.

Le petit immeuble se dessina enfin. Lugubre, l'entrée ne faisait pas très envie. Les deux fonctionnaires scrutèrent les boîtes à lettres afin de déterminer l'étage auquel se situait l'appartement. Ils gravirent les marches de l'escalier en bois qui grinçait sous leurs poids, jusqu'à arriver au sommet. La chaleur était étouffante. Chloé frappa à la porte d'une telle manière qu'il était impossible de deviner qu'une si douce main pouvait être l'auteur d'un tel vacarme. Le silence resta entier. Tom empoigna la clenche et s'aperçut que la porte n'était pas verrouillée. Leurs regards se croisèrent aussitôt. Ils se saisirent de leur arme et décidèrent de pénétrer dans l'appartement. Tom se glissa le premier dans l'entrebâillement de la porte, suivi de près par Chloé. Pistolet pointé, paré à être utilisé, l'ensemble de son buste pivotait de droite et de gauche de façon à explorer chaque mètre carré de l'habitat. Ils progressèrent silencieusement, ouvrant les portes les unes après les autres. La tension était palpable jusqu'à ce que la dernière pièce soit sécurisée. Une fois exécuté, la stupeur prit vite le pas sur l'angoisse et l'adrénaline redescendit subitement. L'appartement était entièrement saccagé. Les tiroirs étaient retirés et vidés à même le sol, les meubles ne tenaient plus leur place, les coussins du canapé étaient éventrés, tout comme le matelas du lit, le sol était jonché d'éléments divers et variés tels qu'un téléviseur, des couverts, ou encore d'une plante verte arrachée à son pot. Une personne les avait devancés, par évidence, avec le but précis de mettre la main sur quelque chose. Tom saisit son téléphone portable et demanda une équipe afin d'effectuer les relevés de traces et indices. A première vue, l'absence de traces de sang laissait présager que le crime n'avait pas eu lieu à cet endroit.

*

Épuisée par la journée écoulée, Chloé prit néanmoins le temps de passer sous la douche pour rincer sa peau rendue moite par la chaleur estivale. Elle s'allongea sur son lit et ferma les yeux. Un brin préoccupée par l'arrivée imminente de la compétition qui pourrait la sacrer ceinture noire, elle espérait au fond d'elle que Tom serait là pour la soutenir mais, n'osait pas le lui demander. Elle serait bientôt fixée puisque seuls trois petits jours la séparaient de l'événement tant attendu. Une petite boule commençait à poindre au creux de son ventre. À la fois impatiente et angoissée, elle avait hâte d'en découdre et de donner le meilleur d'elle. C'est en répétant mentalement ses prises qu'elle s'endormit.

Emilien avait passé sa matinée à fouiner, tantôt au téléphone, tantôt derrière son ordinateur, dans le but de retracer les dernières heures du défunt. Pour l'heure, les réquisitions venaient d'être lancées, restait à attendre les différents retours. Une attention particulière était portée sur ses relevés bancaires ainsi que sur ses communications téléphoniques. De ce côté, l'appareil mobile n'avait pas été retrouvé, ni sur le cadavre, ni dans l'appartement. La tâche consistait alors à écrémer opérateur après opérateur, en demandant si le dénommé était client chez l'un ou l'autre. En attendant l'arrivée des renseignements, Emilien fit un passage par les archives situées au sous-sol du bâtiment. Un rapide échange verbal avec le gestionnaire permit à l'officier de se rendre facilement dans l'allée concernée. Il venait y rechercher la procédure qu'il avait été amené à traiter avec Jimmy, sur le démantèlement d'un réseau de trafic de stupéfiants. Pas moins de sept boîtes cartonnées toutes plus remplies les unes que les autres contenaient l'intégralité des documents collectés durant les mois d'investigations. Suite à l'interpellation d'Azirento par le groupe à Mareval, le suspect avait alors accepté de coopérer en vue d'une réduction de peine. Grâce à ses déclarations, et notamment à la délation d'un revendeur, les policiers avaient mis l'individu en question sur écoute. Un long travail de filature, de planque, de recoupement d'informations, de vérifications s'était installé. Pas à pas, le squelette du réseau commençait à se dessiner. Des noms sortaient, des rôles étaient attribués, le travail de fourmis payait. Le groupe d'enquêteur s'était étoffé au fur et à mesure des découvertes. La brigade des stupéfiants avait pris l'affaire à son compte, et avait gardé le précieux soutien du groupe PJ. Après plusieurs mois de travail acharné, le réseau complet avait pu être identifié. Mené telle une armée, il possédait une hiérarchie où chacun avait un rôle bien défini. À la tête, se trouvait un individu bien connu des services mais n'ayant plus fait parler de lui depuis quelques années. Il avait sous ses ordres, quatre lieutenants, répartis géographiquement sur un territoire bien défini. Chacun de ses quatre individus avait pour rôle de contrôler le territoire assigné, et de mettre tout en œuvre pour y avoir le monopole du marché lucratif que représentait la revente de produits stupéfiants. Azirento travaillait pour Mickaël Josefe, l'un des derniers maillons d'une des quatre branches de tête. L'enquête s'était soldée par l'arrestation simultanée des cinq hommes considérés comme la tête du trafic. Ceux-ci avaient écopé d'une lourde peine d'emprisonnement assortie d'une amende astronomique.

Emilien prit soin d'établir un compte-rendu succinct, mais complet, de cette affaire qu'il présenta au reste du groupe. Il en ressortit les noms des principaux acteurs qui auraient pu en vouloir à la victime. Loin d'être dupe, Tom savait que cette piste serait l'une des plus complexe à exploiter. Il ne fallait néanmoins pas l'écarter pour autant.

Les parents de Mattéo arrivèrent à l'accueil de l'Hôtel de police. Contactés par Mareval, ils avaient parcouru les quelque deux cent trente kilomètres les séparant de leur lieu de résidence, une fois la terrible nouvelle annoncée. Tom se présenta et les invita à entrer dans son bureau. Chloé ferma la marche et pénétra dans la pièce à son tour.

— Je tiens tout d'abord à vous renouveler mes condoléances. Comme j'ai pu vous l'annoncer, nous avons retrouvé le corps sans vie de votre fils dans une rue. Pouvez-vous me parler de lui ?

Les parents baissèrent tous deux la tête, le regard vide.

— Il nous en a fait voir de toutes les couleurs durant sa jeunesse. Il nous demandait sans cesse de l'argent pour acheter sa drogue, ne travaillait pas, et nous n'arrivions plus à subvenir à nos besoins. Nous étions au bord du gouffre. Avec mon mari, nous nous sommes mis d'accord et lui avons demandé de quitter la maison. Depuis trois ans, nous n'avons plus eu de nouvelles. Nous ne savions même pas qu'il résidait ici.

Tom laissa passer quelques secondes en signe de compassion et enchaîna :

— Nous pensons qu'il a été tué et que le meurtre est le fruit d'une vengeance, lui connaissiez-vous des ennemis ?
— Non, il était très discret lorsqu'il habitait encore chez nous. Et puis avec ses fréquentations, cela ne m'étonne pas que cela se soit terminé ainsi. Quelle horreur !

La tristesse se lisait sur leurs visages, un sentiment d'impuissance devait les hanter.

— Je vais être obligé de vous demander de m'indiquer votre emploi du temps de ces derniers jours. Où étiez-vous et que faisiez-vous entre mardi matin et mercredi matin.
— Nous étions tous les deux à la maison, j'ai contacté ma sœur par téléphone dans la soirée, rien de plus.

— Merci madame. Si toutefois des éléments vous revenaient à l'esprit, n'hésitez pas à me contacter. Je vous laisse mes coordonnées. Le corps repose à l'institut médico-légal, ma collègue va vous accompagner. Il sera par la suite à votre disposition pour les funérailles.

Le visage rougit par quelques sanglots, les parents quittèrent le bureau, abattus. Bien que les liens aient été rompus, Mattéo restait leur fils unique. Chloé les accompagna. Ils prirent ensemble la route de l'IML.

Tom passa par le bureau d'Emilien et s'inquiéta de l'avancée des recherches. Ils échangèrent brièvement sur la rencontre des parents puis Emilien présenta son compte-rendu. Ils décidèrent d'aller rendre visite à Mickaël Josefe, à ce jour enfermé à la prison centrale de la région.

Les enquêteurs ne mettaient pas grand espoir dans cette direction. L'entretien avec le détenu pouvait cependant apporter des éléments nouveaux sur la vie et la personnalité de la victime.

Emilien prit le volant. L'air climatisé en fonction, les quatre-vingt-dix kilomètres furent avalés confortablement. L'établissement leur faisait face. Un haut mur surplombé de barbelés encerclait l'édifice. Les deux officiers se présentèrent au portier. Ils déclinèrent chacun leur identité à l'interphone et le cliquetis de la gâchette fut synonyme d'entrée autorisée. Tom poussa la lourde porte métallique. Ils se retrouvèrent tous deux dans un sas vitré. De l'autre côté, ils pouvaient apercevoir, au bout d'un couloir, le directeur se rapprocher.

— Bonjour messieurs, c'est moi que vous avez eu au téléphone en début de matinée.

— Enchanté, capitaine Mareval et lieutenant Marchewski, police judiciaire. Nous enquêtons sur la mort d'un homme impliqué dans un trafic de drogue. Il a été à l'origine de la dénonciation d'un de vos détenus et nous aimerions le rencontrer. Il ne s'agit pas d'une audition à proprement parler mais, juste d'une .... discussion, dirions-nous.

— Je comprends ; je vais le faire convoquer dans une salle isolée. Veuillez me suivre, je vous prie.

Les trois hommes sortirent du sas puis empruntèrent le couloir par lequel le directeur était arrivé. Ils passèrent une série innombrable de portes verrouillées qu'on leur ouvrait électroniquement depuis le poste central de sécurité au fur et à mesure de leur avancée. Des gardes armés étaient postés çà et là, aux endroits les plus stratégiques. Le directeur fit patienter Mareval devant une porte. Il y entra seul un instant puis revint à sa rencontre et le convia à se déplacer vers l'intérieur de la pièce. Mickaël Josefe était assis sur une chaise derrière une table. Deux autres sièges venaient compléter le mobilier rudimentaire de la salle borgne. La lumière artificielle faisait refléter le blanc nacré des murs et éblouissait l'espace d'un instant les nouveaux occupants. Le directeur fit de rapides présentations puis s'éclipsa discrètement par une seconde porte.

— Si l'on m'avait dit que ma seule visite depuis dix mois allait être celle de celui qui m'a mis derrière les barreaux, je ne l'aurais pas cru… Qu'est-ce qui vous amène … Marechal ? Maresal ?

— Capitaine Mareval. Avez-vous été en contact avec Azirento récemment ?

— Cette balance d'Azirento !? Non… j'évite de prendre des nouvelles de mes ennemis. Vous en conviendrez.

— On l'a retrouvé, mort.

— Oh quel dommage je vais vite rédiger une demande de sortie exceptionnelle pour aller à son enterrement.
— Ne faîtes pas trop l'intéressant vous faites partie des suspects Josefe.
— Comment aurais-je pu ! Je suis sous surveillance permanente, vous faites erreur mon cher capitaine.
— Je pense que vous avez un réseau suffisant pour mener à bien toutes vos démarches. Si tel est le cas vous replongerez et ne serez pas près de sortir de ce trou.
— Je ne risquerai pas une remise de peine pour la peau de ce merdeux.
— Des informations à nous communiquer ? Puisque l'on parle de remise de peine…

Josefe resta un instant pantois puis s'élança.

— Non, désolé.

L'entretien se termina ainsi. Mareval quitta la salle et se rendit dans le sas d'accueil. Emilien l'y attendait. Ils sortirent de la maison d'arrêt et regagnèrent le véhicule.

— Qu'a donné l'entretien ?
— Rien de transcendant, il a essayé de faire le beau et de palabrer un peu. Nous nous en doutions ! Je l'ai tout de même senti hésitant lorsque j'ai évoqué la remise de peine contre quelques informations. Et toi, tu as eu le temps de retourner la cellule ?
— Oui ! C'était juste quand même. J'ai trouvé un numéro de téléphone annoté sur un bout de feuille dissimulé dans l'armature de son lit. Reste à savoir à qui il appartient et s'il y a un lien quelconque avec notre affaire.
— Tu as fait ça proprement j'espère ?!

— T'inquiètes, c'est géré. Le directeur m'a également remis le registre des visites sur les derniers mois.

— Génial, on va pouvoir creuser un peu et voir où cela va nous mener.

Le groupe 2 se retrouva au complet au service en début de soirée. Ils échangèrent les informations collectées dans la journée puis chacun regagna son domicile. Sur le parking, les deux hommes encouragèrent chaleureusement Chloé pour sa compétition du lendemain. Émue, elle les enlaça l'un après l'autre pour les remercier de leur soutien. Une fois rentrée, elle prit une douche, puis grignota un morceau avant de se poser sur son lit avec un livre. Elle s'essaya à lire quelques lignes pour s'évader un peu avant de s'endormir. Son visage s'éclaircit soudainement lorsqu'elle vit du coin de l'œil que Tom venait de lui envoyer un message.

*

Le complexe omnisports affichait complet en ce début d'après-midi. Des familles entières venaient encourager leurs petites têtes blondes. La grande salle accueillait quatre tatamis espacés les uns des autres. La compétition avait débuté par la catégorie élite homme « - de 55 kg ». Les combats s'enchaînaient, offrant à l'issue satisfaction ou mécontentement. Chloé attendait patiemment, seule. Elle essayait de se distraire en regardant les affrontements masculins. L'heure tournait péniblement. Elle scrutait de temps à autre la salle afin de vérifier l'éventuelle présence d'un visage familier, en vain. Elle se rendit au vestiaire pour se préparer. Puis, après une heure et demie d'attente, la sono annonça enfin le lancement des combats de la catégorie élite féminine de moins de cinquante-deux kilos. Concentrée, cheveux parfaitement attachés, elle prit position au bord du tatami. Son objectif était clair, obtenir quarante-quatre points durant ce tournoi. Dernière d'une série de trois unités de valeur nécessaires pour décrocher la ceinture noire, cette compétition représentait le point ultime d'un travail acharné que Chloé avait fourni jusqu'à ce jour et le rendez-vous ne pouvait être manqué. La tension était à la hauteur de l'enjeu.

L'arbitre incita les deux adversaires à rejoindre le centre du tatami. Le combat débuta et les prises s'enchaînèrent. Il se solda par la victoire de Chloé et le gain précieux des premiers points. Le temps de récupérer, se réhydrater et d'arranger sa tenue que déjà le deuxième opus s'annonçait. L'adversaire étant plus coriace, Chloé se vit déstabilisée sur les premiers instants avant d'avoir le dessus et d'en finir favorablement. Sept points de plus dans l'escarcelle. La fatigue se faisait sentir doucement mais il n'était pas question, pour ce flic de choc, de lâcher le morceau. Un ultime tour d'horizon de la foule la résigna et la déçut quelque peu. Qu'importe, même seule elle mettait un point d'honneur à relever ce défi, et elle y arriverait. Quelques fruits secs accompagnés de lampées d'eau et la voilà sur pieds, prête à en découdre avec la troisième candidate au combat. Une petite bonne femme, qui ne payait pas de mine au premier regard mais dont Chloé avait appris à se méfier au fil du temps. Et pour cause, celui-ci démarrait mal. Chloé se vit projetée au sol et entendre l'arbitre annoncer et compter Yuko en faveur de son adversaire. Elle se releva, plaqua ses cheveux et resserra sa ceinture. Malgré la ténacité dont la petite avait fait preuve, la victoire fut prononcée à la suite d'un magnifique Waza-ari en faveur de Chloé. L'après-midi s'écoulait favorablement, les points s'accumulaient et elle se rapprochait peu à peu de son objectif. Sept points manquaient à présent. Le temps de rassembler ses esprits, elle se présenta une énième fois face au tatami. Elle leva la tête, puis, l'espace d'une seconde, son cœur s'arrêta. Aux premières loges, un beau brun, avec une allure décontractée, la fixait du regard. Il était là, pour lui apporter son soutien, et combattre à ses côtés. Surprise par cette arrivée inopinée, elle mit quelques secondes avant de reconnecter et rejoindre le centre du tapis, où sa concurrente l'attendait. Une joie immense l'envahit et lui traversa le corps.

Gonflée à bloc, rien ne pouvait désormais l'arrêter. La durée du combat en fut la preuve puisque la victoire lui fut accordée très rapidement sur un Ippon que l'adversaire mettrait un long moment pour l'oublier.

— Tu es venu !
— As-tu imaginé un seul instant que je pouvais ne pas venir et te laisser seule dans cette épreuve ?
— Ah tu aurais pu me le dire ! Et puis je m'en suis très bien tirée dans les autres combats.
— Je n'en n'ai jamais douté, tu as été parfaite ! Soulagée ?
— Oh que oui ! Épuisée...
— Je t'emmène manger ce soir, pour fêter ça.
— Trop contente ! Je ne te saute pas au cou, car je suis en nage, mais....
— Ce n'est pas l'envie qui manque, je sais ! Va vite aux vestiaires, j'ai réservé pour vingt heures, nous allons être en retard.

C'était toute enchantée que Chloé s'était préparée. Alors qu'elle se dépêchait de ranger ses affaires dans son sac, elle envisageait déjà la soirée mentalement. Un repas en tête-à-tête était certainement le meilleur moment pour se dévoiler un peu plus et tenter d'éclaircir les idées confuses qui s'entrechoquaient dans son esprit. Et puis si les sentiments venaient à ne pas être réciproques, au moins les choses seraient plus claires et elle se sentirait mieux ensuite. Le moment était venu, la décision était prise.

Leur table se trouvait dans un petit restaurant italien. En ce samedi soir, la salle était comble. Arrivés ensemble, ils furent installés par un serveur à l'arrière de la pièce, à leur grande satisfaction. L'apéritif servi, Chloé cherchait les mots justes. La conversation tournait un peu au tout-venant jusqu'à ce que Tom reçoive un appel qui l'obligea à quitter un instant la table. Il revint quelques minutes plus tard en s'excusant platement. Chloé en avait profité pour vider son verre de vin blanc et en commander un second. L'alcool avait, chez elle, une faculté désinhibante. Ses grands yeux verts perçaient l'obscurité de la salle et parlaient davantage que ses mots. Elle dévorait littéralement son interlocuteur. Il en avait pleinement conscience. Cet échange séducteur se poursuivit tout au long de la soirée, si bien qu'il ne lui parut même plus nécessaire de parler. Tout allait de soi, la complicité passée y était pour beaucoup, cela était indéniable. Les quelques verres eurent raison de Chloé qui commençait à tituber légèrement. Tom passa son bras sous le sien et l'aida à se lever puis à marcher. Ils se dirigèrent vers le bar pour régler l'addition. Chloé balbutia et baragouina quelques morceaux de phrase au serveur tout en fouillant dans son sac à main. Tom prit les devants et s'acquitta de la somme. Il adressa un petit signe d'excuse au serveur qui sourit, compréhensif. Les deux amis quittèrent l'établissement et Tom raccompagna son invitée jusqu'à son domicile. Ils montèrent les escaliers chaotiquement puis arrivèrent enfin devant la porte de l'appartement. Il chercha les clés enfouies au fond du sac à main et poussa la porte. Il l'aida à atteindre le canapé puis l'installa. Elle n'avait pas bu plus qu'il ne fallait mais la fatigue et le petit gabarit de la jolie blonde n'avaient pas su résister aux degrés de ce doux breuvage.

— Attends, je dois aller à la salle de bain me démaquiller…
— C'est parti !

Ni une, ni deux, il l'empoigna et le temps qu'elle comprenne ce qu'il se passait, elle voyait déjà le reflet de son visage dans le miroir. S'appuyant sur le lavabo, elle essaya d'enlever son pantalon avec un équilibre plus que précaire. Patiemment, il s'affaira à la déshabiller sommairement puis à lui passer son tee-shirt en triple XL lui servant de chemise de nuit. Il saisit un coton et le lui passa délicatement sur le visage avant de lui présenter la brosse à dents garnie en dentifrice. Ils finirent ensuite par revenir sur le canapé.

— Merci infiniment…
— De rien, je t'en prie !
— Tu dois me trouver complètement nulle, je ne mérite pas tant d'attention.
— Détrompe-toi, je suis là aussi pour ces moments, où cela va moins bien, où tu as besoin d'aide, de soutien, et je le fais avec plaisir. Crois-moi.

Chloé prit le visage de Tom dans ses mains. Elle s'avança lentement en le regardant dans les yeux, puis, approcha ses lèvres des joues masculines, les effleura et finit par l'embrasser très délicatement. Les quelques secondes écoulées avaient paru des heures dans cet appartement plongé dans l'obscurité et silencieux. Tom l'enlaça, borda la couverture sur eux puis ils s'assoupirent unis et sereins.

*

Vancha faisait les cent pas dans le couloir du service depuis un gros quart d'heure lorsqu'il vit arriver les premiers membres du groupe 2.

— Ah, Mareval, je vous attendais, dans mon bureau.
— Bonjour patron !

Sans même prendre la peine de répondre, Vancha laissa entrer son subalterne avant de refermer la porte derrière lui.

— Mareval, je vous le redis une énième fois, méfiez-vous de vos méthodes à la limite de la légalité !
— De quoi parlez-vous ?

— Ne faites pas le zouave, je vous en prie ! La perquisition déguisée au centre pénitencier…

— Ah …Et c'est uniquement pour ça que vous m'attendez ainsi de bon matin ? Patron, rassurez-vous, c'est toujours fait très proprement, on ne risque rien.

— Jusqu'au jour où ! Mareval, je ne serai pas éternel au service, alors commencez à rectifier le tir sinon, un jour viendra où vous rencontrerez des difficultés et personne ne sera là pour vous sortir la tête de l'eau. Si l'avocat du détenu vient à apprendre la petite visite improvisée, que pourrait-il se passer ? Hein ?

— Je sais ce que je fais, faites-moi confiance. Je ne suis pas complètement stupide pour risquer de faire tomber le groupe 2. Je peux à présent ? Je dois aller faire le point avec mon équipe sur l'avancée de l'enquête.

D'un signe de tête, Vancha accéda à la demande de Tom. Le chef de groupe entra dans la salle de réunion. Emilien finissait d'inscrire des informations sur le tableau alors que Chloé les déchiffrait au fur et à mesure de leur apparition.

— Où en sommes-nous Mimil' ?

— Cela avance. J'ai réussi à reconstituer une partie de son emploi du temps. Mattéo est arrivé au restaurant de la rue d'Or à 20 h 30. Peu de temps après il a été rejoint par une dame, d'un âge supérieur au sien, mais qui ne semblait pas être une petite amie. La table était réservée au nom de Mattéo, le repas s'est passé sans encombre et la femme a même donné un pourboire au serveur à leur départ. Ils ont quitté l'établissement à 22 h 45, facturette faisant foi. Les employés ont certifié avoir vu les deux personnes se séparer cordialement à la sortie du restaurant. Mattéo est parti en direction du haut de la rue d'Or, soit vers la rue des Marquis.

— Reste à savoir qui est la femme !

— Là-dessus, j'ai ma petite idée. J'ai étudié le registre des visites de la maison d'arrêt. Qui est venu voir Josefe il y a de cela quatre semaines ?

— Annonce !

— Madame Azirento, en personne, propriétaire du numéro de téléphone retrouvé dans la cellule.

— Oh la garce ! Elle cache bien son jeu, cracha Chloé.

— Tu as pu trouver autre chose ?

— J'en suis là pour le moment, reste à démêler tout cela.

— Belle avancée. Reprenons, madame Azirento entre en contact avec celui que son fils a fait mettre en prison. Quelque temps après on le retrouve mort alors qu'il vient de passer la soirée avec une femme plus âgée que lui, qu'il connaissait. Serait-ce effectivement sa mère cette femme en question ?

— Ils auraient établi un plan machiavélique pour le faire disparaître ?

— Pourquoi les parents de Mattéo voudraient-ils sa mort ?

— Parce qu'il leur demande à nouveau de l'argent…

— C'est une possibilité Chloé. Épluche leurs comptes en banque, et essaye de creuser un peu sur eux. De ton côté Emilien, rencarde-toi sur la facture détaillée du portable de madame Azirento. On arrivera peut-être à établir des liens.

— C'est déjà demandé, j'attends le retour de l'opérateur dans la journée.

— Parfait ! On ne lâche rien, on va finir par trouver.

L'enquête venait de prendre un nouvel angle. L'ensemble des pièces du puzzle semblaient être présentes, restait à trouver comment les assembler. L'équipe entière allait se mobiliser pour tirer le tout au clair. Les prochains jours allaient être aussi riches en travail qu'en découvertes…

*

Le soleil était levé depuis quelques minutes et commençait à illuminer l'imposante bâtisse devant laquelle les véhicules de police se garèrent. Les occupants en descendirent et un petit groupe prit discrètement l'allée menant vers l'arrière. L'autre partie se présenta à la porte principale et l'un des hommes frappa fermement. Les coups résonnèrent dans le silence matinal. Une petite minute s'écoula avant qu'une nouvelle salve ne se fasse entendre. Rien. Aucune réponse. Tom fit signe à deux hommes en retrait munis d'un bélier. Deux balancements suffirent pour obtenir l'abdication de la porte. Les équipes armées entrèrent. Les premiers pas ne permirent pas de mettre en avant une quelconque présence. Les pièces se succédaient les unes après les autres, vides de tout occupant. L'escalier menant à l'étage était resté sous surveillance d'un homme le temps que ses collègues sécurisaient le bas de l'habitation. Les enquêteurs gagnèrent le rez-de-chaussée alors que l'équipe commençait l'ascension vers l'étage. Après quelques secondes, la situation évolua.

— Mon capitaine ! Montez, on vient de trouver quelque chose.

La mine grave que cet homme avait, n'inspirait pas confiance à son interlocuteur. Le regard des trois officiers se croisa furtivement avant qu'ils ne prennent la direction de l'étage. Une odeur prenante se fit sentir à l'aube de la dernière marche. Les visages des fonctionnaires à l'étage étaient fermés. L'angoisse du groupe s'accentua. Ils passèrent tous trois la porte d'une chambre à coucher et aperçurent deux corps inanimés, côte à côte sur un lit. Un agent était déjà au téléphone afin de prévenir les secours. La femme était encore en vie. Le mari semblait éteint.

— Tom ! lança Chloé du bout de la pièce.
— Oui ?
— Je viens de trouver une enveloppe remplie de documents à notre attention.

Tom se rapprocha de sa collègue, accompagné d'Emilien. Ils se mirent à l'écart et vidèrent le contenu de l'enveloppe sur une table. Le premier courrier se présentant à eux était une lettre manuscrite.

" *Aux enquêteurs...*

Face à vous, se trouvent deux corps morts. Morts de chagrin, morts par dépit, par honte, par désarroi.

Nous avons éduqué notre seul et unique enfant au mieux, avec nos moyens, en lui inculquant des valeurs à respecter, un code de conduite à suivre. Nous avons tout mis en œuvre pour qu'il ne manque de rien. Puis, il a grandi, ses fréquentations ont changé et l'ont emmené de l'autre côté. Du côté obscur de la consommation de produits stupéfiants où l'argent est le nerf de la guerre, où il en faut toujours plus pour survivre. Notre garçon s'est alors métamorphosé. Il est devenu irrespectueux, nous a traités plus bas que terre, nous a volés, menacés, insultés et parfois même violentés pour obtenir ce dont il avait besoin. Nous avons tout d'abord tenu bon, et avons pris la décision de l'expulser du foyer, en espérant qu'il comprenne notre geste, et qu'il se mette en tête que le chemin emprunté n'était pas le bon. Rien n'y a fait, au contraire. Il n'a plus donné signe de vie pendant quelque temps. Nous avons appris ses mésaventures et son arrestation par un lieutenant de la police judiciaire. Nous avons alors pensé à ce moment précis que cette étape pouvait jouer en sa faveur et lui faire comprendre ses erreurs. J'ai repris contact avec lui, dans ce but peu après l'affaire. Il semblait aller mieux puis, un matin de l'hiver dernier, il est venu à la maison. Dans un état second, il nous a demandé de l'argent, beaucoup d'argent. Il a retourné notre maison, emporté nos cartes de crédit, nos chéquiers, et a vidé une partie de nos comptes dans l'heure qui a suivi avant même que l'on ait eu le temps de comprendre ce qu'il venait d'arriver. Plusieurs semaines plus tard, nous avons reçu une lettre, qu'il nous avait écrite afin de s'excuser. La colère ne nous avait pas quitté. Par sa faute, nos finances étaient au plus bas, nous n'avions plus de quoi vivre sereinement après tant d'années de travail. Nous ne fermions plus l'œil de la nuit, soupçonnant chaque bruit suspect d'un retour du paria. Notre vie était devenue un enfer sans issue. Nous étions piégés entre le désespoir et la colère et c'est à ce moment précis que mon mari et moi avons réfléchi et décidé d'agir. Nous voulions lui faire peur, pour lui faire comprendre ce que nous avons vécu, pour nous venger du mal qu'il nous avait fait, et des deux vies qu'il a gâchées. J'ai pris contact avec Josefe, afin de savoir s'il pouvait faire effectuer le travail par un homme de main mais il n'a pas voulu accéder à ma demande. J'ai donc décidé de m'en occuper. J'ai invité Mattéo dans un restaurant, un soir. Pendant ce temps mon mari attendait dans un utilitaire de location, un peu plus haut dans la rue. À l'issue du repas, je l'ai rejoint. Nous nous sommes masqués et j'ai pris le volant pendant que mon mari passait à l'arrière. J'ai roulé au pas jusqu'à arriver à hauteur de Mattéo. La rue était calme et déserte. Mon mari a ouvert la porte latérale et l'a fait monter de force sous la menace d'un manche de pioche, a refermé la porte et, dans l'obscurité de la cellule arrière, a commencé à le frapper alors que j'avais redémarré. Mattéo s'est défendu et a sorti un couteau. Mon mari n'a pu se retenir, et, se sentant en danger, a accentué l'intensité des coups, jusqu'à ce que le corps devienne inerte au sol. Nous nous sommes alors rendu compte que Mattéo était mort. J'ai arrêté le véhicule dans une petite rue et mon mari s'est empressé de descendre le corps dans un conteneur avant de me rejoindre à nouveau. Nous sommes rentrés rapidement en vue de nettoyer le véhicule avant de le restituer. Tout s'est passé très rapidement et notre volonté première de mise en garde s'est vite vue dépassée par la colère. Nous sommes ensuite allés à son appartement pour simuler un éventuel cambriolage pouvant avoir été commis par un de ses amis voyous qui l'aurait tué avant d'aller récupérer de l'argent dû, suite à l'achat de stupéfiants. Nous étions perdus. Vos services nous ont contactés pour nous annoncer son décès. Le voir à la lumière du jour, sur cette table, a été une épreuve supplémentaire pour nous, celle de trop. Nous avons pris le temps de vous fournir les documents essentiels prouvant tous les faits exposés dans ce récit et prouvant notre unique culpabilité dans cet acte indigne. Puis, nous avons décidé d'en finir, ensemble, pour soulager notre conscience car nous n'aurions pu porter ce fardeau trop longtemps. Nous ne méritions plus la vie, nous voulions être libérés de ces moments tant regrettés et avons donc chacun mis fin respectivement à nos jours en absorbant des médicaments.

Notre couple, si endetté, si triste, si désolé, si horrible, si cruel, est à ce jour uni à jamais, et libéré de ses chaînes indestructibles. Pardonne-nous Mattéo.

Madame et monsieur Azirento Carmen et Vincent. "

Sans mot, les trois collègues se regardèrent, médusés. Les preuves qu'ils avaient collectées ces derniers jours correspondaient en tous points avec les éléments mis à leur disposition par le couple Azirento. Ils ne s'attendaient pas à une telle découverte en venant procéder à leur interpellation en ce matin ensoleillé. Les secours s'affairaient désormais auprès de Carmen pour la maintenir en vie. Une heure et demie fut nécessaire avant de pouvoir la déplacer et la diriger vers le centre hospitalier régional par hélicoptère. Il n'en était pas de même pour son mari qui n'avait pas survécu et dont le décès avait été prononcé dès l'arrivée du médecin. Le groupe 2 reprit la route en direction du service. Tom conduisait Chloé. L'atmosphère était pesante à bord du véhicule. Chacun se repassait l'intégralité de l'enquête dans sa tête. Chloé égara ses pensées et les arrêta sur le couple Azirento.

— Tu vois, malgré l'acte dont ils sont coupables, ils sont restés unis et solidaires jusqu'à la fin. Cela m'a touché de les voir tous les deux allongés sur le lit main dans la main. Leur vie a été un calvaire mais ils s'aimaient, c'est indéniable…
— Tu sais Chloé, lorsque l'on trouve la personne qui nous convient, on a plus besoin de quoique ce soit d'autre et on fait tout pour que cela se passe au mieux…

Sur ces derniers mots, Chloé allongea ses jambes comme elle pût puis, inclina légèrement son siège, ferma les yeux et posa délicatement sa main sur la cuisse de son partenaire.

Vendetta

Une journée bien remplie s'achevait doucement. La camionnette de location prévue pour la circonstance venait de quitter le trottoir, laissant derrière elle, les derniers cartons à monter. Les étages avaient eu raison des acteurs principaux et tous étaient unanimes sur le fait que ce dernier voyage était le bienvenu. Quel travail abattu ! Malgré la préparation minutieuse dont avait fait preuve le couple, les quelques mètres cubes d'affaires en tous genres avaient donnés du fil à retordre point de vue manutention et organisation. Pas évident de faire rentrer deux appartements dans un seul. Des concessions avaient dû être faites de part et d'autre et pour le moment tout avait l'air de bien se passer. Chouette ; s'était dit la demoiselle. Les derniers effets arrivèrent au seuil du troisième étage, ne restait plus qu'à les ranger. Les nouveaux meubles livrés au cours de la semaine passée étaient montés et prêts à être remplis depuis la veille, ce qui permit un gain de temps certain. La méthode et la prévoyance de la jeune fille avaient encore eu raison de la situation, au grand bonheur de son concubin. Le début de soirée scella la fin de l'emménagement. Un dernier coup de reins avait permis à chaque affaire de trouver sa place, tous pouvaient désormais s'installer un peu à table, tiraillés par une faim d'ogre. Une plâtrée de pâtes à la sauce tomate vint contenter les estomacs, puis, progressivement, amis et membres des deux familles regagnèrent chacun leur domicile, laissant le couple profiter pleinement de sa nouvelle situation.

— Piou, quelle journée mon Tom !
— Ne m'en parle pas, je suis claqué, mais très content !
— Moi aussi ! On va être bien tous les deux. J'avais hâte, tu sais. Même si l'on doit se préserver lorsque l'on est au travail, on pourra pleinement profiter le soir en rentrant ! Et puis entre nous, je peux te le dire maintenant, je ne me voyais pas venir avec mes petites affaires dans ton espèce de garçonnière ! Mon appartement est quand même plus agréable non ?
— Clairement, mais ma garçonnière, comme tu dis, me convenait parfaitement ! lança Tom avec un sourire. Non, tu as raison, nous serons bien mieux ici et puis rien ne nous empêchera de trouver autre chose par la suite.
— Une grande maison ? Avec un jardin, une salle de sport, un grand dressing et tout et tout ?
— Pourquoi pas ?

Chloé toute souriante enlaça Tom avant de se rendre dans la salle de bain pour se doucher. À sa sortie, elle retrouva son cher et tendre allongé sur le canapé, dormant à poings fermés. Un réveil en douceur l'invita à rejoindre la chambre et à prendre place au fond du lit. Le restant du week-end servit à chacun à prendre ses nouveaux repères et à finir d'aménager les différents espaces, ainsi qu'à prendre un peu de bon temps et de repos avant de reprendre le travail pour une petite semaine. Quelques jours de vacances s'annonçaient, pour leur plus grand bien.

Tom et Chloé arrivèrent à l'Hôtel de police. La barrière automatique se leva à l'approche du véhicule et se referma aussitôt après son passage. L'entrée des fonctionnaires se faisait sur l'arrière du bâtiment et était uniquement accessible depuis le parking intérieur. Un hall distribuait les différents escaliers et couloirs menant aux trois ailes du bâtiment et donc aux divers services. Tom poussa la porte battante du premier étage au-dessus de laquelle l'inscription *Service Régional de Police Judiciaire* était écrite, et ils arrivèrent à leurs bureaux. À peine installé, il fut appelé par Vancha.

— Bonjour patron !
— Bonjour Mareval, fermez la porte et installez-vous.
— Dès le lundi matin ? Vous ne traînez pas !
— Pas d'inquiétude, ce n'est pas un entretien formel. Comment s'est passé votre déménagement ?
— De quoi parlez-vous ?
— Pas de ça avec moi Mareval. Que croyez-vous ? Je sais très bien que vous fricotez avec Fadelo. Hors de question que cela transpire sur le travail cette histoire, compris ? Je couvre l'affaire tant qu'il n'y a pas de débordement, je vous fais confiance, vous êtes assez grand.
— Très bien, se contenta de répondre Tom.
— Je ne vous ai pas appelé pour ça. Du moins pas que pour ça…
— Je vous écoute.
— Un collègue du sud m'a contacté ce week-end. Vittorio Cantani, ami de promotion, nous sommes entrés à l'école ensemble et avons réalisé notre cursus policier conjointement. Il est responsable du SRPJ sud-ouest depuis 2010. Ils sont sur une affaire de meurtre, a priori un règlement de comptes dans une affaire de poudre. Les balles qui ont été retirées du cadavre

coïncident parfaitement avec celles qui ont été tirées sur notre collègue Jimmy Miraux.

— Une plaisanterie ? Ils ont arrêté l'auteur ?

— J'y viens, j'y viens… ! Pour le moment, l'enquête est en cours. Ils n'ont appréhendé aucun suspect, mais ils ont quelques pistes. Cantani m'a proposé de vous héberger quelque temps, pour les assister dans l'enquête, sans trop d'implication de votre part. Nous sommes un peu limite sur le coup. Étant donné que nous avions été dessaisis à l'époque… Cantani s'est arrangé avec le procureur et le juge d'instruction en local, une magouille à eux dont on ne sait rien et dont on ne veut rien entendre. En tout état de cause, vous partez tous les trois dès demain. Je m'occupe du reste, je vous fais confiance quant à votre degré d'implication et de discrétion. Si l'affaire éclate trop vite ici, ça va grincer des dents.

— Je n'en reviens pas ! Nous ferons le nécessaire, j'y veillerai.

— Les vacances du Groupe 2 seront donc avancées pour vous permettre de partir plus rapidement. Tenez-moi informé régulièrement de l'avancée de l'affaire. Je vous ai trouvé un vol en partance de la capitale demain matin.

Vancha glissa la main au fond d'un tiroir et en sortit une enveloppe qu'il tendit à Tom.

— Vos billets sont dedans, je me suis occupé de tout. Attrapez-moi ce salopard, qu'il paie pour avoir tué l'un des nôtres.

— Faites-moi confiance, nous ferons tout pour. Promis.

Tom quitta Vancha et s'empressa de réunir les membres de son groupe. Emilien et Chloé rappliquèrent dans la foulée, pendus aux lèvres de leur chef. L'annonce de la nouvelle résonna comme un coup de canon dans le bureau. Partagés entre l'excitation de retrouver enfin l'auteur du meurtre et le chagrin qui se faisait sentir à l'évocation de l'affaire, les trois flics se tenaient là, unis plus que tout, avec le même but et une détermination commune. Mareval annonça les quelques règles de précaution formulées par Vancha et expliqua le contexte tendancieux dans lequel ils allaient être amenés à évoluer les prochains jours. Ils passèrent une bonne partie de leur journée à préparer le départ. Emilien prit soin de rassembler les quelques éléments de procédure qu'il avait réussi à se procurer, alors que Tom et Chloé achevaient d'organiser le trajet entre l'aéroport et leur lieu de rendez-vous. Plus personne n'arrivait à tenir les membres du groupe 2. Tous tournaient dans les bureaux du service comme un lion en cage. L'angoisse naissante se faisait sentir à tel point que Vancha vint mettre un terme à l'émulation, à sa façon.

— Foutez le camp ! Au sport ; tous les trois. Et vous ne remontez pas tant que vous arrivez encore à parler.

La tête basse, chacun s'exécuta, sachant pertinemment que le patron avait pleinement raison et que cela leur ferait le plus grand bien.

Ils quittèrent l'hôtel de police, une fois la séance achevée, regonflés à bloc par cette nouvelle inattendue et regagnèrent leurs domiciles respectifs.

Le soir venu, Tom avait du mal à trouver le sommeil. Allongé aux côtés de sa bien-aimée, il ressassait les événements.

— Deux ans sans le moindre espoir et voilà un nouvel élément qui relance l'affaire.
— Oui ! Si seulement cela aboutissait. Sans te démoraliser, tu sais comme moi que dans ces situations, on n'arrive pas forcement à

la résolution de l'enquête. Quoi qu'il en soit, nous nous devons d'exploiter le filon à fond !

— Vancha est quand même quelqu'un de très humain. Nous allons beaucoup perdre l'an prochain lorsqu'il partira à la retraite. Il est arrangeant et me couvre souvent, il faut le dire. Malgré ses humeurs parfois vacillantes, c'est un sacré mec.

— Oui, je t'avouerais que je ne me vois pas travailler avec un autre patron. On peut lui reprocher beaucoup, mais encore une fois aujourd'hui il prouve sa bonté. En fait, il est de la vieille école, c'est rare de trouver ce genre de personnage actuellement. En plus, il possède un réseau de contact quasiment national, et il n'a pas peur de mouiller le maillot et d'aller parfois au-delà de la limite.

— Il le fait car il a confiance en nous. Il n'aurait jamais proposé ce type de travail à un des deux autres groupes, je pense.

— Pas faux. Allez, il faut dormir mon Tom, les prochains jours risquent d'être difficiles. Reposons-nous.

Le jour du départ fut annoncé par la sonnerie stridente du réveil. À peine avait-il commencé à cracher ses décibels que déjà une main ferme lui ordonnait de se taire. Chloé acquitta définitivement l'alarme et se leva un peu ronchon. 3h38. Dur… c'était-elle dit. Tom, à moitié sonné par le décontractant avalé la veille pour prévenir l'anxiété de l'avion, avait du mal à émerger lui aussi. Elle le tira doucement de son sommeil, et ils se préparèrent.

Emilien attendait sur le trottoir au bas de son immeuble quand il vit les deux officiers arriver ensemble. Il installa ses bagages dans le coffre et monta dans la voiture. Après deux heures trente de trajet, ils foulèrent le tarmac. Un *Antonov 148* les attendait sur la piste. Du haut de ses huit mètres vingt et de ses vingt-neuf mètres d'envergure, la bête était impressionnante aux yeux de Tom qui allait effectuer là son baptême de l'air. Stressé au plus haut point, il monta fébrilement l'escalier menant à l'appareil, pressé par Chloé qui tentait alors de divertir la petite troupe en riant aux éclats avec Emilien. Installé côté hublot, Tom était perplexe quant au déroulement du vol et regardait déjà l'extérieur comme s'il cherchait un moyen de s'extirper de cet endroit. Les bras croisés, il sentit la main rassurante de Chloé venir se fondre contre la sienne, les réacteurs prirent de la vitesse, l'avion se déplaça, puis décolla. Tom rouvrit les yeux quinze minutes plus tard, à la demande expresse de sa voisine, l'invitant à contempler le paysage magnifique qui se dévoilait sous leurs yeux. Il y arriva progressivement puis, plus ou moins rassuré par l'achèvement de la première étape qu'il avait tant appréhendée, se laissa prendre au jeu et regarda enfin par le hublot. Un petit-déjeuner rapide fut servi, ce qui occupa les passagers le temps du vol.

À la descente de l'appareil, le groupe 2 était attendu par un jeune gardien de la paix qui se tenait à proximité du hall des arrivées. Il les accueillit chaleureusement en se proposant de les soulager de quelques bagages puis les fit monter en voiture afin de rallier le commissariat central, proche de la frontière Espagnole. Une grosse demi-heure de route leur fut nécessaire pour arriver à destination.

— Bonjour et bienvenue, commandant Cantani Vittorio, appelez-moi Vito. J'espère que vous avez fait bon voyage ?! Je n'ai entendu que du bien de vous.

Accent chantant, cheveux poivre et sel, teint halé et allure sportive, la cinquantaine bien entamée, ce commandant avait tout l'air d'un chic type. Ses bagues et autres bracelets lui donnaient un genre plus barbouze que flic. Le premier contact entre les homologues permit de briser la glace et détendit l'atmosphère. Cantani avait eu vent des qualités du groupe 2 par Vancha et était serein quant à la coopération.

— Vous serez logés dans un hôtel en périphérie de la ville, je vais vous attribuer un véhicule qui vous appartiendra le temps de votre séjour. S'il venait à y avoir le moindre problème vous n'aurez qu'à me contacter. Voici mon numéro. On se retrouve en salle de réunion, je vais vous exposer les détails de l'affaire en cours.

Une quantité non-négligeable de dossiers se trouvaient sur une table de ladite salle. Au mur, un panneau auto-agrippant avait été installé où se trouvaient une succession de portraits accompagnés d'informations. Ce schéma relationnel reprenait en fait une bribe d'architecture d'un réseau de trafiquants de produits stupéfiants. Un début de travail élaboré par les hommes de Cantani, mais ne permettant pas encore d'identifier clairement les rôles de chacun. Le personnage principal semblait malgré tout être un Espagnol, Antonio Vanuito, résidant en France. Vanuito était en relation étroite avec trois hommes dénommés Franck, Chris et Manu. En dessous de ce noyau, se dessinerait une série de ramifications qui s'étendraient dans tout le quart sud-ouest du pays. Chacune d'entre elles comportait des nourrices, guetteurs, dealers… Il s'agissait d'un système pyramidal, où l'occupation du terrain prenait toute son importance. Plus il y a de petits dealers, plus il y a de bénéfices qui peuvent remonter vers le principal protagoniste via ses sous-fifres, et qui peuvent ainsi être ingurgités dans l'achat de nouvelle matière première, qui permet donc de fournir davantage de clients, et ainsi de suite. Des quartiers complets étaient la proie de ce réseau et sa réputation ainsi que son monopole n'étaient plus à prouver.

Quelques mois avant l'arrivée des enquêteurs de l'Est, un meurtre avait eu lieu dans un des quartiers chauds d'une ville du sud-ouest. Vers minuit trente, une voiture s'était approchée doucement d'un hall puis s'était arrêtée. Le passager en était descendu, s'était dirigé vers deux jeunes et avait ouvert le feu sur l'un d'eux avant de remonter dans le véhicule et de repartir. Après enquête, il s'était avéré que la victime, âgée de vingt-trois ans, était connue des services de police pour trafic de stupéfiants et faisait partie du réseau de Vanuito. Les investigations avaient également permis de déterminer que ce jeune homme avait l'intention de créer son propre business à partir de celui de Vanuito. Chose qui n'avait pas plu au patron et qui avait demandé, de ce fait, que l'on se sépare de cet individu gênant. L'élève n'avait ainsi jamais pu dépasser le maître. Lors des analyses balistiques des balles retrouvées dans le cadavre, il avait été prouvé que celles-ci avaient été tirées par le même calibre que celui qui avait été utilisé lors de la fusillade ayant tué le lieutenant Miraux Jimmy, intervenu sur un braquage de distributeur automatique de billets il y a deux ans. Affaire où se trouvait le groupe 2 au grand complet et où, en plus d'avoir perdu un ami cher, on découvrait que l'un des assaillants n'était autre que Philippe Tomasini, chef du groupe 3 du SRPJ Est. Le tireur n'avait jamais pu être retrouvé jusque-là.

Les écoutes téléphoniques s'avéraient fastidieuses et peu rentables. Assez affûté, le quatuor changeait régulièrement d'appareil afin de brouiller les pistes. Les criminels se servaient de cartes prépayées achetées par des larbins afin de rendre leur traçabilité plus difficile. Cantani avait donc décidé de mettre en place une stratégie et il la dévoila à son auditoire.

— Vanuito va recevoir une cargaison de résine d'ici quelques semaines. Nous allons infiltrer un de nos hommes afin de les approcher au plus près puis, une fois que nous aurons un maximum d'informations, nous procéderons aux arrestations simultanées des têtes du réseau. Pour cela, un *ami* va mettre en relation notre infiltré avec Vanuito. Cet ami est un dealer en bout de chaîne d'une des ramifications du réseau, cousin de celui qui a été assassiné par un des hommes de main de Vanuito et qui souhaite se venger. Il s'est fait serrer par un équipage un soir où il *dealait*. Les collègues ne savaient pas que l'on était sur le coup. Par chance je l'ai aperçu pendant son arrivée au commissariat et j'ai pris en charge son audition. C'est à cet instant qu'il m'a raconté le déroulement de l'assassinat de son cousin dont il a été témoin et où il a reconnu formellement l'un des hommes de main de Vanuito. En accord avec le proc' et le juge d'instruction, il a été décidé de monter une opération visant à faire tomber le réseau et arrêter le meurtrier. J'ai donc besoin d'un personnel qui saura s'infiltrer et faire le boulot, Emilien ? Tu n'es pas connu par ici, tu te sens prêt ?

— Euh… oui, sans problème.

— Moi ! moi, je veux être cet agent infiltré. J'en suis capable, j'en suis certaine.

Un silence s'installa dans la pièce. Les regards étonnés se lisaient sur la plupart des visages. Cantani se tourna vers Mareval. Il lui demanda son avis en lui donnant un signe de tête. Mareval acquiesça en baissant les yeux.

— OK Chloé, c'est pour toi.

L'effet de surprise s'estompa rapidement, laissant de nouveau place à l'attention. Après tout, elle était flic comme eux donc pourquoi ne pouvait-elle pas endosser ce rôle ? Seuls les membres du groupe Cantani furent étonnés par cette proposition spontanée. C'était mal connaître la jolie blonde aux yeux verts pétillants, capable de tout. En aparté, Tom fit malgré tout une remarque à sa subalterne.

— Si Vancha apprend cela, je suis mort.

— Du calme, Cantani ne s'est pas opposé à la demande, alors qu'il connaît aussi bien que toi les conditions de notre déplacement.

— Oui pas faux. Tu as intérêt à faire très attention à toi, sinon ...

— Sinon quoi, banane ? Tout va bien se passer, je fais cette mission, on arrête tout le monde et on rentre chez nous, d'accord ?

— Tu as toujours le mot juste toi !

— C'est pour ça que tu m'aimes non ?

Les jours suivants avaient permis d'organiser la couverture de Chloé et de faire les présentations avec *l'ami* en question, un dénommé Marco. Ainsi, Chloé Fadelo devenait à compter de ce jour Carmen Cortesi, née le 10 juin 1981 à Florence. Un casier judiciaire lui avait été créé et agrémenté pour l'occasion, de même que de faux papiers, plus vrais que nature. Coupe et couleur de cheveux modifiées, garde-robe revisitée, il lui fallut quelques jours pour entrer dans la peau de son nouveau personnage. Prise en charge par un service spécialement formé pour ce genre de mission, elle faisait de son mieux pour incarner le rôle à la perfection. Elle devait être incollable et bien évidemment n'éveiller aucun soupçon lors de ses conversations et rencontres futures. Le lancement de l'opération ne pouvait se faire sans la maîtrise parfaite de son personnage et le temps nécessaire à cet accomplissement serait pris.

Marco entra dans le commissariat. Il se rendit à l'accueil et expliqua qu'il avait rendez-vous avec le commandant Cantani. L'adjoint de sécurité l'orienta poliment vers le service de police judiciaire. Cantani vint à sa rencontre et les deux hommes entrèrent dans un bureau, seuls.

— Je te préviens Marco si tu nous la fais à l'envers je te promets que je ne te lâcherai pas de tout le restant de ta vie et que je la rendrai la plus minable et la plus courte possible. Compris ?

Pris à la gorge, Marco balbutia quelques mots confus et assura son interlocuteur de son intégrité. Il était question de venger l'honneur de son cousin. Tout avait l'air très clair dans son esprit, sans compter que, ce coup de pouce donné aux enquêteurs, le sortirait d'une mauvaise passe. Son arrestation le laissait, pour le moment, sous le coup de poursuites judiciaires. Le bref entretien personnel se solda rapidement et Cantani emmena Marco dans la salle de réunion où le reste de la troupe patientait. Vito assura le discours et présenta les modalités de l'opération dans un silence religieux. Après deux heures de briefing, Marco quitta le commissariat central, s'alluma une cigarette, inspira lentement, puis composa un numéro sur son téléphone.

— Franck ? C'est Marco, j'ai un contact qui souhaiterait acheter…
— Viens avec, où tu sais, demain après-midi.

L'opération était lancée.

Le lieu de rendez-vous avait pour décor l'arrière-salle d'un bar douteux ; stéréotype d'un établissement que l'on voit dans des séries narrant des rivalités mafieuses. Devant l'entrée, se tenaient deux hommes qu'il valait mieux avoir dans ses amis à en croire leur visage fermé et leur calibre fébrilement dissimulé sous leur veste. Le comité d'accueil fouilla fermement Marco et Carmen puis libéra le passage en offrant l'entrée. Un nuage de fumée de cigarette planait dans la salle principale du bar tel un brouillard matinal d'hiver. Répugnant, pensa Carmen. Une femme à moitié nue dansait sur une estrade dans un coin de la pièce, observée par quatre hommes attablés, en admiration, un verre à la main. La musique étant prenante et couvrait les conversations. Un serveur, tout aussi barbouze que les deux gaillards de l'entrée, s'affairait à essuyer quelques chopes et à les ranger dans un vieux meuble en bois. Une lumière tamisée venait compléter le tout et rendait l'endroit encore plus glauque. Carmen et Marco gagnèrent le fond de l'établissement et se rapprochèrent d'un homme bien entouré. Ce dernier invita d'un signe de tête les deux femmes presque nues assises sur ses genoux à quitter les lieux. Elles obéirent sans broncher comme si l'individu était coutumier des faits. L'homme pria ensuite Carmen et Marco de se rapprocher et de s'asseoir. Avant même que le couple n'ait eu le temps de prendre place, l'homme entama la conversation.

— Je n'ai pas pour habitude de traiter avec une jolie brune. Que me vaut cette présence, mademoiselle .... Cortesi est-ce bien cela ?

Quel accueil, pensa Carmen. Elle rebondit immédiatement :

— Ma démarche semble être assez explicite pour que je ne sois pas obligée de justifier ma présence et que vous vous contentiez de me proposer une offre monsieur...... ?
— Quelle arrogance.... Ne va pas trop loin. Il me suffit de claquer des doigts pour te faire disparaître à jamais et rendre ton corps non-identifiable. Compris l'Italienne ?
— Je vois que vous êtes renseigné...

L'infiltration était visiblement parfaite et les sources du trafiquant étaient tombées en plein dans le panneau.

— Je ne laisse pas n'importe qui me rencontrer. Que puis-je pour toi ?
— Mon fournisseur m'a fait faux bond, je cherche de la marchandise à écouler. En quantité importante, et rapidement, car cela fait trois semaines que je n'arrive plus à subvenir aux demandes et je commence à perdre gros.
— Ola, ne va pas trop vite.

— Je ne peux pas me permettre d'attendre. J'ai de quoi payer. On peut échelonner si vous n'arrivez pas à fournir la totalité.
— Combien tu veux ?
— Soixante kilos de résine dans un premier temps puis quinze kilos minimum par semaine par la suite. De qualité excellente, cela va sans dire.
— Si tu en doutes, tu peux passer ton chemin sinon reviens me voir demain, je t'en dirai plus.

L'échange se termina ainsi sans même que Marco n'eut à participer à la conversation. Carmen et lui quittèrent l'endroit à pieds et attendirent d'être à distance raisonnable pour revenir sur la rencontre.

— Qui était cet homme Marco ?
— Franck, l'un des bras droits de Vanuito. Je n'ai que très peu d'informations sur lui, mais c'est l'unique point d'entrée pour les acheteurs. Soit il traite lui-même comme dans notre cas, soit il renvoie vers un point d'approvisionnement. Cela dépend de la quantité et de l'enjeu.
— D'accord. Nous verrons ce qu'il me propose demain.

Carmen regagna son appartement loué pour l'opération. Une équipe surveillait en permanence l'entrée du bâtiment depuis un logement situé au deuxième étage de l'immeuble en vis-à-vis. Rassurant pour la jeune fille fraîchement immergée dans ce milieu empli de vices et de dangers. Elle passa le reste de la journée dans ce deux-pièces sommairement aménagé, prit quelques minutes pour envoyer un message rassurant à Tom depuis son téléphone personnel dissimulé dans une taie d'oreiller puis s'endormit d'un sommeil léger.

Le lendemain matin, Carmen se prépara, angoissée par le rendez-vous prévu. Marco ne l'accompagnant pas, elle s'y rendit seule. Elle se présenta devant le bar et subit le contrôle de rigueur identique à celui de la veille. L'endroit était presque vide cette fois. Elle alla retrouver Franck et prit place.

— Faisons-nous affaire ?
— Nous pouvons. Je vais recevoir une livraison sous peu, je pourrai te fournir. J'ai une proposition à te faire. Au lieu de travailler seule dans ton coin, je te propose de devenir ton fournisseur principal.
— Et en échange ?
— Tu me reverses dix pour cent de tes ventes. Tu as l'assurance d'être approvisionnée, et je suis indemnisé pour la prise de risque supplémentaire que tu me fais prendre. Gagnant-gagnant. D'autant plus que nous ne sommes pas implantés dans ta région.
— Je ne vous connais qu'à travers votre réputation, j'espère que vous ne trahirez pas ma confiance.
— Ah ! Tant que nous parlons confiance… Dans un premier temps, c'est moi qui dois avoir confiance en toi. Et tu vas me prouver ce que tu vaux. Ton ami, Marco, nous pose un problème, vois-tu. Mon frère, Chris, a buté son cousin qui ne respectait plus les règles. Ce jour-là Marco était sur place, et tu comprendras aisément que cet individu devient néfaste pour le clan. Apporte-moi une photo de sa tronche explosée et nous pourrons ainsi dire que les fondations de notre collaboration seront scellées.

Carmen fixa Franck, se leva et quitta le bar. Elle plongea sa main dans sa poche, en sortit son téléphone et composa un numéro.

— Marco, c'est Carmen. Retrouve-moi dans le parking de mon immeuble ce soir.

Les éléments se bousculaient dans sa tête. La mission prenait une tournure différente de ce qui était initialement prévu et sa réussite reposait intégralement sur ses épaules.

Le soir venu, Carmen faisait les cent pas dans le sous-sol mal éclairé. L'ascenseur émit un bruit signalant l'arrivée de la cabine au niveau. Les portes palières s'ouvrirent et Marco s'avança. Elle alla à sa rencontre.

— Bonsoir Carmen, un souci ? Que se passe-t-il ?

À peine eut-il terminé sa phrase, qu'il vit la fine main gantée pointer un pistolet automatique muni d'un silencieux en direction de sa tête. Un léger bruit sourd s'échappa du canon et le corps du malheureux tomba sur le sol. Carmen prit soin d'immortaliser la scène avec son téléphone, puis, emprunta l'escalier afin de regagner son appartement. Elle s'enferma à double tour, tremblante, en pleurs. Elle passa une grosse heure sous la douche, laissant l'eau chaude couler sur sa tête, les yeux fermés. Elle prit ensuite la direction de la chambre et s'allongea sur le lit en se remémorant sa journée éprouvante.

Au petit matin, l'assassinat d'un homme dans le parking souterrain d'un immeuble de la ville, faisait la une des différents journaux. Les colonnes précisaient que l'homme était connu par les services de police pour trafic de produits stupéfiants et que la piste du règlement de comptes était avancée par les autorités. Un appel à témoin était lancé. Carmen prit un déjeuner, descendit trouver un kiosque pour acheter un journal et rejoignit Franck dans cet endroit glauque. Elle ne fut pas fouillée cette fois-ci et entra librement dans le local, à sa grande surprise. Elle chercha Franck du regard qui, en définitive, était posté au même endroit mais entouré de deux hommes.

— Bonjour et bienvenue dans la famille chère collaboratrice. J'ai pu lire ton travail dans la presse ce matin, quelle efficacité et quel cran, c'est troublant.
— Vous comprendrez maintenant que je suis prête à collaborer.
— Je te présente Manu et Chris mes deux frères cadets.

Manu avait le visage fermé, le crâne rasé et la mâchoire carrée. Un vrai tueur ce type. Tout l'opposé de son frère Chris qui arborait une tête d'ange et un sourire niais constamment accroché à sa bouche. Franck continua son propos.

— Il aurait été dommage que Chris soit emprisonné pour cette balance de Marco. Bref, la famille Stabossa te remercie et est désormais prête à t'aider. Je n'ai pas été très poli, j'en conviens, mais il me fallait un peu de garantie avant que je fasse les présentations. Je travaille pour Antonio Vanuito, et suis son conseiller pour la partie business. Je m'occupe de trouver la marchandise puis de la faire importer. Ensuite, j'essaye d'agrandir la filière revente en rencontrant par exemple de jolies jeunes filles attirantes. Je rends des comptes mensuellement à Antonio qui dirige l'ensemble de loin et décide des prix, et de la stratégie. C'est lui aussi qui établit quel individu serait susceptible de nuire aux affaires et généralement mes deux frères se font une joie de régler le problème. Eux ce sont les muscles, Antonio et moi le cerveau.
— Où pourrais-je le rencontrer cet Antonio ?
— Nul besoin de le rencontrer, je suis là et parfaitement à même de traiter avec toi. S'il souhaite te voir, il le fera savoir.
— Soit. Pour ma marchandise ?

— J'y viens, patience. Je compte rendre visite à l'un de mes fournisseurs au Maroc la semaine prochaine, c'est important les relations, tout comme la famille. Il faut entretenir tout cela si l'on veut durer. Je te propose de nous accompagner, tu pourras ainsi voir par toi-même qu'il est impossible de remettre en question la qualité de la marchandise. Nous remonterons avec ce dont tu as besoin. Qu'en dis-tu ?

— Pourquoi pas !

— Laisse-moi ton numéro de téléphone, afin que je puisse te contacter pour organiser le voyage. Le temps que mes frangins trouvent les véhicules, je monte l'opération, et je reviens vers toi.

— O.K.

L'infiltration prenait une fois de plus un nouveau tournant. Il était cependant impossible de revenir en arrière à ce stade de l'opération. Un tel voyage ne pourrait qu'apporter des éléments supplémentaires à l'enquête. Carmen quitta le bar puis s'arrêta dans une supérette pour faire quelques provisions. Elle arriva au pied de son immeuble puis son regard de flic lui permit de distinguer parmi les véhicules stationnés, le sous-marin utilisé par l'équipe de Cantani, campé à proximité de l'entrée. Tom lui manquait fortement. Le savoir peut-être à quelques mètres d'elle et pourtant ne pouvoir l'approcher la rendait folle de rage. Les retrouvailles n'étaient pas à l'ordre du jour et il fallait qu'elle prenne son mal en patience. Elle se cantonna dans son « deux pièces » à l'affût du moindre bruit et y resta jusqu'à l'appel de Franck.

Les jours passèrent sans que le téléphone portable de Carmen n'émette de son. Elle commençait à douter lorsqu'elle reçut enfin l'appel. Franck lui demandait de venir au bar le soir même avec quelques affaires pour deux jours. Elle les prépara dès la conversation terminée et s'empressa d'envoyer un message à Tom depuis son téléphone personnel.

Chris et Manu étaient intenables derrière Franck. Ils se tenaient debout, mais ne pouvaient contenir leur stress. Si bien que l'ainé dû les calmer vertement verbalement. Carmen sentit que l'ambiance était tendue. Franck l'informa que le voyage allait avoir lieu le soir même. Ses deux frères avaient dérobé trois véhicules de grosse cylindrée. Il répartit les équipages et conseilla à Chris de se tenir à carreau avec la demoiselle brune. Carmen ne se réjouissait pas de cette nouvelle mais espérait en apprendre davantage en amadouant celui qu'elle estimait le moins évolué de tous. L'objectif de Franck était simple. Départ pour le Maroc en convoi composé de trois voitures. La première, appelée l'ouvreuse, servirait d'éclaireur afin de vérifier que la route est dégagée. La seconde, la porteuse, contiendrait la marchandise et la suiveuse fermerait la marche pour avertir d'un éventuel danger arrivant par l'arrière. Le tout lancé à très vive allure sur les autoroutes. En clair, un go-fast. La bande n'en était bien évidemment pas à son coup d'essai mais une certaine tension compréhensible restait de mise avant un tel départ. Le tout se ferait de nuit. L'aller le soir même, le retour, le lendemain. L'annonce du programme terminée, la bande s'étoffa de deux hommes venus jouer les rôles de conducteurs de deux des trois véhicules. Chris et Carmen montèrent dans la première voiture, Franck dans la seconde et Manu avait pour mission d'assurer la troisième position.

Les kilomètres s'égrenaient au fil des minutes. Le trajet comprenait environ mille trois cents kilomètres de route à travers l'Espagne suivis par la traversée de la Méditerranée au niveau du détroit de Gibraltar par bateau, puis à nouveau de la route jusqu'à une petite ville du nord Marocain. Perdue dans ses pensées, Carmen se motivait pour trouver la force de surmonter un tel voyage. L'aller paraissait pour le moment interminable alors que seuls deux cents kilomètres venaient d'être parcourus. Elle entama la conversation avec Chris.

— Vous êtes originaires du sud-ouest ?
— Oui et non. On y habitait jusqu'à ce que mon père se casse. Ensuite, ma mère nous a emmenés dans l'est. Elle s'est occupée seule de nous.
— Des nouvelles de votre père ?
— Aucune. Et on n'en cherche pas non plus. Il n'y a plus que notre mère qui compte à présent. On lui doit tout.
— J'imagine. Pas trop dur avec vous trois ?
— Un peu. Mais on a eu très vite le sens des affaires. Ma mère a hérité de ses parents et a ouvert une salle de jeux clandestine. Du coup, il fallait du monde pour gérer tout ça et elle nous a pris dans l'équipe.
— Ah oui, vous avez été à bonne école en fait !
— Ouais ! répondit Chris de son air niais.
— Vous la voyez souvent ?
— On n'y est pas monté depuis un moment. On évite un peu la zone, la dernière fois c'est parti de travers.
— Ah bon ? Que s'est-il passé ?
— Un braquage qui a mal tourné. Rien de plus.
— Je vois. Mieux vaut éviter le coin en effet. Les flics doivent être sur les dents.

Carmen fit mine de s'endormir après cet échange. La tête appuyée contre la vitre du véhicule, elle se demandait comment et quand allait terminer cette aventure et se mettait même à regretter légèrement son engagement. Et si elle se faisait démasquer par les Stabossa ? Que pourrait-il se passer ? Ils avaient l'air tellement dégénérés qu'ils n'hésiteraient certainement pas une seconde pour la descendre et la laisser sur le bord d'une route pensa-t-elle. Elle pensa à Tom longuement puis finit par s'assoupir.

L'arrêt du véhicule la réveilla. Elle ouvrit difficilement les yeux, éblouie par le soleil perçant du matin.

— On est où là ?
— On va embarquer pour la traversée.

Les trois véhicules empruntèrent la rampe d'accès au bateau puis disparurent dans l'imposante coque comme engloutis. Trente-cinq minutes allaient être nécessaires pour rallier la première ville Marocaine, le temps pour Carmen d'avaler un petit-déjeuner rapide. Le voyage aller s'acheva enfin lorsque le convoi eut repris la route et roulé durant trois-quarts d'heure. Une petite piste les emmena à une ferme à l'écart de toute civilisation. Un homme les accueillit chaleureusement et les invita à entrer. Derrière cette façade rurale se trouvait en fait un entrepôt où étaient stockés des centaines de kilos de cannabis. Des gardes armés assuraient la sécurité des lieux. Seul Franck prit part aux discussions et dut présenter la nouvelle arrivée. Les échanges furent assez brefs. Pendant ce temps, la marchandise se faisait charger, dissimulée, dans le véhicule dédié. Cinq euros le gramme acheté ici, revendu le double sur le territoire français, plutôt rentable. Franck demanda à Chris d'aller récupérer un sac dans sa voiture. À son retour, il posa la besace sur une table puis ouvrit la fermeture. Carmen ne put s'empêcher de faire les gros yeux en voyant le contenu. Sept cent cinquante mille euros s'étalaient devant elle en liquide. Elle n'avait, jusque-là, jamais vu autant d'argent. La transaction se passa sans encombre. La porte du hangar se ferma et le convoi reprit la piste et s'éloigna dans un nuage poussiéreux. La bande organisée s'arrêta dans un petit hôtel vétuste à quelques kilomètres de là afin de se reposer de l'aller et d'attendre la venue du soir pour amorcer le retour.

Le soir arriva vite et l'heure était à la préparation du départ. La petite équipe se retrouva à proximité des véhicules sur le parking de l'hôtel et Franck fit un dernier point. Le convoi restait inchangé, Carmen et Chris en tête, Manu en queue. La liaison entre les voitures se ferait par téléphone. Chris et Manu ouvrirent le coffre d'un des 4x4 et en sortirent des armes automatiques qu'ils placèrent dans les habitacles. L'angoisse de Carmen devint de plus en plus oppressante, sentant que la situation pourrait basculer à n'importe quel moment. Chacun des protagonistes prit place. La traversée se fit aussi rapidement qu'à l'aller. Les choses sérieuses s'annonçaient. La cadence du convoi sur l'autoroute était infernale. Le but était de rallier la France au plus vite. Lancés à plus de deux cents kilomètres heure, les trois bolides avalaient le bitume. Ils étaient espacés d'environ dix kilomètres chacun afin de pouvoir réagir en cas de danger. Un arrêt à une station essence et six heures plus tard, les premiers panneaux annonçant l'arrivée imminente à la frontière Franco Espagnole apparurent. Le convoi ralentit afin de passer le poste de douane puis reprit son rythme fou.

Chris appela Franck afin de savoir si tout était en ordre. Il le prévint qu'ils devaient ralentir la cadence car il entrait dans une zone de travaux. Les trois voies se rétrécissaient progressivement à deux puis à une seule. La largeur était délimitée par le rail de sécurité à gauche et un muret en béton provisoire à droite. La zone s'étalait sur dix kilomètres. Un panneau annonçait une réfection de bande d'arrêt d'urgence et s'excusait des désagréments causés en prônant la sécurité des usagers. Des engins de chantier étaient affairés dans l'espace neutralisé çà et là. Chris et Carmen voyaient le bout de la zone et distinguaient les lumières du péage au loin alors que le véhicule de Franck commençait à ralentir à l'approche de la portion d'autoroute réduite. Chris jeta un œil aux feux signalant l'état des voies du péage. Une seule laissait apparaître une flèche verte au-dessus d'elle, synonyme d'ouverture. Il en prit la direction puis abaissa la vitre. Il ralentit à l'approche du guichet, et s'arrêta. Les roues du véhicule avaient à peine fait leur dernier tour qu'une énorme détonation se fit entendre. Le 4x4 se souleva d'une dizaine de centimètres dans un nuage de fumée opaque. Le choc fut si violent que les feux de détresse se mirent en marche comme si la voiture venait d'avoir un accident à vive allure. L'ensemble des airbags se déclencha en laissant une odeur âcre envahir l'habitacle où le chaos s'installa rapidement. En quelques secondes, Chris et Carmen virent arriver des hommes cagoulés en combinaisons noires et casques lourds, braquant leurs fusils d'assaut dans leur direction. Sans que Chloé n'ait le temps de comprendre ce qu'il se passait, elle se sentit extraite de son siège par la vitre brisée, alors que la portière était restée fermée. Des coups de feu retentirent. Elle fut ensuite rapidement conduite dans un véhicule de police par trois hommes cagoulés eux aussi et vit un corps inerte au sol qu'un policier s'empressa de recouvrir d'un drap. À peine eut-elle le temps de se sentir projetée sur la banquette arrière que la voiture démarrait en trombe. Au même moment, quelques kilomètres en amont, le 4x4 de Franck ralentissait à cause d'un poids lourd avançant à faible allure devant lui. La vitesse réduisait de plus en plus au fil des mètres quand soudain le poids lourd marqua l'arrêt. À cet instant, le 4x4 fut percuté par l'arrière par une camionnette créant ainsi le trouble chez Franck et son conducteur. Leurs têtes partirent vers l'avant puis revinrent heurter le siège une fois la ceinture de sécurité tendue. Lorsque Franck ouvrit les yeux, le hayon du camion qu'ils suivaient s'était levé et une colonne du groupe d'intervention de la police avait pris place autour d'eux, armes aux poings, les sommant de laisser leurs mains visibles. Franck se fit sortir du véhicule et allongé sur le sol. Un genou vint appuyer sur sa tête alors tournée, joue contre terre. La pression était telle qu'il sentait les gravillons pénétrer dans sa chair. Au loin, il distingua un nuage de fumée et comprit que Manu était dans la même situation qu'eux. À cet instant, les choses se bousculèrent dans sa tête. La famille Stabossa venait de tomber. Que s'était-il passé ? Comment était-ce possible ? Est-ce que Vanuito était tombé lui aussi ? Il pensa immédiatement aux heures de garde à vue qui allaient se dérouler à présent, aux interrogatoires. Il était sûr de tenir bon, car rompu à ce genre de situation, il avait également confiance en ses frères, logés à la même enseigne. Qu'en serait-il de Carmen ? Il n'y avait malheureusement plus qu'à attendre.

Carmen se releva tant bien que mal de sa position allongée. Elle reprenait doucement ses esprits. L'un des policiers qui l'escortait l'aida à s'assoir sur la banquette alors que le véhicule filait encore à pleine allure sur l'autoroute. Elle ressentit une vive douleur au niveau de l'arcade sourcilière droite et peina à ouvrir cet œil. Elle rompit le silence.

— Je suis le lieutenant Fadelo Chloé du SRPJ Est, je suis infiltrée, retirez-moi ces menottes !
— Elle récupère vite notre Chloé ! répondit le passager avant.

Les trois policiers retirèrent leur cagoule et les visages très familiers de Tom et Emilien apparurent aux yeux de Chloé, soulagée. Tom la libéra de ses entraves et l'enlaça.

— Tu es blessée ma chérie, on va t'emmener voir un médecin.
— Mais je suis en vie.
— Tu nous as fait une sacrée peur, tu sais ?
— Je n'ai jamais été aussi contente de vous voir.
— On a récupéré toutes nos affaires, on rentre à la maison.
— Chris est mort ? Explique-moi comment cela s'est passé s'il te plaît.
— On a tout le trajet pour cela, reposes toi un peu. On va s'arrêter à l'hôpital pour ton arcade déjà et on verra pour la suite.

Le conducteur avait sélectionné le premier hôpital proposé par le GPS et suivait la direction indiquée par l'appareil. Quelques points de suture suffirent à arrêter le saignement. Le temps de réaliser une radio et quelques contrôles par sécurité, et Chloé quittait le service des urgences. Les officiers s'accordèrent un café et un bon bol d'air avant de reprendre la route de l'aéroport. Tom commença alors à expliquer les détails à Chloé.

L'équipe à Cantani suivait Carmen à distance grâce au téléphone portable qui lui avait été fourni. Ainsi, pas un de ses mouvements ne pouvait leur échapper. Le plus délicat avait été la mise en scène du meurtre de Marco. Si les Stabossa avaient pu avoir un seul doute sur cet épisode, la supercherie aurait vite été démasquée et l'affaire aurait capoté. Un premier pas franchi haut la main, ce qui avait conforté l'équipe de policiers. Le reste n'était qu'histoire de patience et d'organisation. Cantani ayant contacté les services de police étrangers, il était informé de la position du convoi de façon régulière. Il fallait trouver le moyen de ralentir le convoi pour une arrestation sécurisée et c'est ainsi qu'il avait créé une zone de travaux fictive sur la portion d'autoroute. Quelques explosifs à la barrière de péage, un camion rempli d'hommes affûtés, de vrais policiers déguisés en faux ouvriers et le tour était joué. Attentive à toute cette narration, Chloé ne faisait qu'opiner du chef en guise d'acquiescement. Un détail la chagrinait.

— Chris Stabossa a été abattu ?
— Non, c'est Carmen Cortesi qui l'a été.
— Mais, comment ça ?
— Pour que ton exfiltration soit la plus sécurisée, il n'y avait pas d'autres choix. Votre 4x4 s'est arrêté à la barrière, l'explosion a eu lieu sous le véhicule et une grenade fumigène a été lancée simultanément. Ainsi, Chris s'est fait sortir et interpellé à

l'arrière du 4x4, en amont de la barrière. Toi, nous sommes venus te récupérer et t'avons emmenée vers l'avant de la voiture, en aval du péage. Un policier est venu immédiatement poser un mannequin vêtu à ton identique et a placé un drap dessus aussitôt. Nous avons quitté les lieux avant même que Chris ne soit relevé. Lorsque les choses se sont calmées, il a été emmené vers un véhicule de police garé de façon à ce qu'il passe devant le corps afin de faire croire à ta mort.

— D'où les coups de feu…

— En l'air, oui !

— Et le restant de la famille ?

— Interpellés eux aussi, en force. Cantani a les hommes, la marchandise, et des armes. Une belle prise.

— Et pour Jimmy ? Dis-moi que l'on n'a pas fait tout cela pour rien…

— C'est plus compliqué… À cette heure, nous n'avons pas pu identifier clairement l'auteur. Nous avons juste pu déterminer que Philippe Tomasini allait régulièrement jouer chez la mère Stabossa, d'où les dettes de jeu. Nous pensons qu'elle a rencardé un de ses fils avec Tomasini pour faire le coup sur le distributeur. Vancha s'occupe de rencontrer madame et d'en tirer un maximum avant de refourguer l'information à l'inspection générale qui est toujours en charge du dossier.

Ils remercièrent leur conducteur pour son efficacité et embarquèrent à bord d'un avion similaire à celui pris à l'aller. Chloé se pencha contre le hublot et ferma les yeux. Éreintée par les dernières vingt-quatre heures, elle se reposa un peu, sereine, en sécurité. Elle fut réveillée par l'appareil qui se posait sur une des pistes de la capitale. Leur véhicule les attendait au parking. Ils transbahutèrent les bagages dans le coffre puis se mirent à rouler vers leur hôtel de police. Un flash info diffusé à la radio annonça l'interception d'un « go-fast » à la proximité de la frontière espagnole avec le décès d'un des malfaiteurs, une femme âgée d'une trentaine d'années, connue des services de police. Le trio arriva à destination quelques heures plus tard. Vancha les accueillit simplement, heureux de retrouver l'une de ses plus chères équipes, entière. Voyant l'heure avancée de cette fin de soirée et les mines fatiguées de son groupe, il coupa court à toute discussion, demanda à chacun de regagner son domicile et de ne revenir au service que le lendemain après-midi. Sans broncher, ils s'éclipsèrent. Chloé et Tom se retrouvèrent enfin dans l'intimité de leur appartement. La porte franchie, Chloé fondit en larmes. Tom la prit dans ses bras en lui demandant ce qu'il se passait.

— J'ai eu peur de ne plus jamais te revoir Tom. Je me voyais être démasquée à chaque instant et être balancée sur le bord d'une route par ces cinglés.
— Tout est fini, tu as fait du très bon travail, tu peux être fière de toi. Je suis là, tu ne risques plus rien. Allons-nous coucher, laisse tes affaires dans l'entrée, nous verrons cela demain matin. Allez, viens.
— Merci d'être là, merci d'être toi.
— Je t'aime ma chérie.
— Moi aussi, je t'aime.

Le lendemain, le groupe 2 se retrouva au service peu après treize heures. Vancha avait préparé quelques verres et une bouteille de pétillant dans la salle de réunion.

— Nous fêtons quelque chose patron ?
— Votre retour pour commencer Mareval, et l'efficacité de Fadelo évidemment. Vous avez su prendre des risques et cela a payé.

Mais enlevez-moi un doute, ne vous avais-je pas demandé de ne pas trop vous impliquer ?

— Vous m'avez fait confiance et tout s'est bien passé n'est-ce pas ?

— Oui Mareval, je vous connais à force. Bon plus sérieusement, fermez la porte Marchewski. J'ai rendu une petite visite de courtoisie à la mère Stabossa hier soir. Je ne sais pas si vous avez lu le journal ce matin mais une salle de jeux clandestine a brûlé durant la nuit. Un accident à priori, une perte considérable pour cette pauvre femme, quel dommage. Quoi qu'il en soit, elle est venue ce matin pour parler spontanément d'une affaire dans laquelle un de ses fils est impliqué.

— Patron, vous n'avez quand même pas… ?

— Quoi donc Mareval ? lança Vancha avec un sourire en coin.

— Rien patron, répondit Tom en lui rendant son sourire.

— C'est Chris Stabossa qui a fait le coup avec Tomasini. C'est lui qui a tiré sur Miraux et qui l'a tué. Jimmy peut reposer en paix à présent. Grâce à vous, on a eu ce salopard. Je vous en suis très reconnaissant. La nouvelle n'a pas encore été divulguée, je voulais que vous soyez les premiers à l'apprendre. Je vais contacter l'inspection générale et leur rapporter les éléments. Un grand merci encore. Cantani m'a téléphoné avant votre arrivée, Chris Stabossa va également plonger pour le meurtre du cousin de Marco. Il a fini par avouer. Marco sera soulagé aussi à présent et pourra vivre paisiblement outre-mer chez sa tante.

L'annonce de la nouvelle émoustilla le groupe. Un sentiment de satisfaction mêlé à une certaine délivrance les anima. Deux années d'attente, de questions, de doutes, et puis soudain le dénouement. Ils levèrent leur coupe à la santé de Jimmy, ce flic de choc, abattu lâchement sous leurs yeux, qui restera à jamais dans leur cœur.

40883338R00080

Printed in Poland
by Amazon Fulfillment
Poland Sp. z o.o., Wrocław